2025-2027

台海一戰

戴東清

著

推薦序

　　我院任職國際系的戴東清教授，多年來秉持其專業素養持續關注兩岸關係及未來走向，2012年出版了名為《台灣終究難免一戰！？》專書，從兩岸民族主義的衝撞、中國歷史上統一與獨立面臨戰爭、美中霸權競爭使台海成為戰爭引爆點，以及戰爭本身就有不可避免的角度，討論兩岸是否終究難免一戰，並試圖探索是否可能在戰爭爆發前，找到止戰的上策。

　　專書付梓以來，兩岸關係幾經跌宕起伏，同時在中美兩強相互爭霸下，兩岸當前外在環境已較2012年時大幅變化。例如，近年來中共軍機持續擾台，2022年8月3日美國眾議院議長裴洛西訪台，引發的台海第4次危機，都將兩岸關係緊張態勢推上新高點。緊接著，2022年10月16日，中共總書記習近平在發表20大政治報告時數度強調，「反台獨與反對外部勢力干涉」，並提到「絕不承諾放棄使用武力」，以及20大選出的中共領導班子，為習近平繼續掌權一槌定音，更為兩岸未來可能兵戎相見，埋下更多的伏筆。

　　明顯的，在當前兩岸關係面臨關鍵變局時刻，稍一不慎即有兵凶戰危之險。東清教授親睹此景，心所謂危，憂國憂民之心猶然而生，於今夏炎炎溽暑之際閉關撰寫《2025-

2027台海一戰？》一書，分別從美國內部因素、大陸內部因素以及台灣內部因素深入分析，研判台海一戰的時間點就落在2025-2027年之間，同時也試圖尋求避戰上策。

大作付梓之前，我有幸先睹為快。拜讀之後，掩卷三思，不免感觸良多，乃借此推薦序，野人獻曝，分享面臨兩岸關係前所未有的變局時刻，台灣如何自處之道，並就教於各界先進。

首先，《孫子兵法・九變》有云：「故用兵之法・無恃其不來・恃吾有以待之；無恃其不攻，恃吾有所不可攻也。」它的意思就是：「國防的最高法則是，不可以心存僥倖，認為敵人不會來，國家安全的信心應建立在隨時準備作戰的基礎上；不可以認為敵人不會進攻而心存僥倖，而應該做好防備，讓敵人無隙可乘。」

以此對照台灣兵役制度的變革，首先，台灣推動募兵制明顯欠缺完整配套措施，最主要是軍中並無優渥資源，足以吸引人才留在部隊，導致募兵效果不如預期，部隊戰力出現斷層。其次，役男役期縮減到4個月，無法成為合格的戰鬥兵，國防部長邱國正在立法院備詢時即坦言，當初此舉是為了選舉考量。再加上，多年來後備部隊的教召往往流於形式，實際後備戰力絕對不可高估。這些因素相乘下來，都使得台灣社會缺乏全民國防意識，多數人往往一廂情願以為，萬一中共攻台美國必定出手相救。因此，如何全面檢討改善當前兵役制度，積極提升國防裝備厚植國防實力，進而建設國人全民國防意識，實屬當務之急。

其次，《孟子‧梁惠王章句下》有云：「齊宣王問曰：『交鄰國有道乎？』孟子對曰：『有。惟仁者為能以大事小；是故湯事葛，文王事昆夷。惟智者為能以小事大；故大王事獯鬻，句踐事吳。以大事小者，樂天者也；以小事大者，畏天者也。樂天者保天下，畏天者保其國。詩云：『畏天之威，于時保之。』」

事實上，當前的兩岸關係基本架構，亦即兩岸之間互動的基礎，是立基於《台灣地區與大陸地區人民關係條例》之上。《條例》第一章第一條，即開宗明義指出：「國家統一前，為確保台灣地區安全與民眾福祉，規範台灣地區與大陸地區人民之往來，並處理衍生之法律事件，特制定本條例。」《條例》第一章第二條，對台灣地區定義為：「指台灣、澎湖、金門、馬祖及政府統治權所及之其他地區。」對大陸地區定義則為：「指台灣地區以外之中華民國領土。」

遺憾的是，在當前台灣內部民意上，作為兩岸關係互動基礎的「台灣地區」與「大陸地區」概念，似乎已逐漸為國人淡忘，或者被視為不符現狀應予改變。再加上，「兩國論」、「特殊的國與國關係」、「一邊一國」、「兩岸互不隸屬」等倡議的先後提出，都在有意無意間，催化了民眾編織「兩岸」已為「兩國」的想像。

證之中國《反分裂國家法》明載武力犯台的三種情況：「台獨分裂勢力以任何名義、任何方式造成台灣從中國分裂出去的事實；或者發生將會導致台灣從中國分裂出去的重大事變；或者和平統一的可能性完全喪失。」這都提醒當前主

事者，在面臨中國未能以「仁」對待台灣時，台灣豈能不以「智」應對，不切實際的鼓動「兩岸」已為「兩國」的想像，萬一一旦端上修憲程序或公投議題，進而誤踩《反分裂國家法》紅線，最終兩岸兵戎相見，台灣生靈塗炭，恐悔之已晚。

　　東清教授是本院同仁，也是多年好友，今謬承其邀約為大作作序，不勝欣喜，乃爰筆略述如上，以記此書微言大義及時代意義。是為序。

南華大學社會科學院院長　張裕亮　敬啟

2022.10.28

推薦序

在北京的認知裡，始於一九四九年的兩岸隔海分治，仍是未完成的內戰，也尚未結束敵對狀態，因此台海發生軍事衝突的機率或有高低，卻始終存在。武力解決台灣問題一直是中共人民解放軍的使命，目的在台澎防衛作戰的「漢光演習」國軍也執行了卅八年。

「養兵千日」是積極備戰的基礎，「用於一時」則是能否達成政治目標的算計與判斷。然依古今中外戰史經驗，原本理性的避戰常因意外而促發，進而擴散並升高。

如今在美國與中國大陸戰略對抗架式擺開，北京與華府都想牢牢的把握對台灣的主導權於主動權，美軍與解放軍都鎖定台灣周邊空域打擂台，兩岸軍隊常態化對峙，台海發生軍事以外的機率飆升。

除去不預期意外而爆發戰爭，北京對台動武時機的預估已有多種版本，或有以解放軍全面犯台能力為準，或有以習近平第三任期為基礎，各家之言均可尋得有力（利）佐證，亦各有響應之聽眾。

二○二五年是習近平「深化國防與軍隊改革」十周年，二○二七是解放軍建軍百年，中國大陸是否設定以周年紀念為度，發動武力犯台，本有論辯的空間，卻都在中華民國下

一任總統任期之內。作者念茲在茲的避戰謀和，也警示了下次總統選舉投票的關鍵性。

　　兩岸有幾千年老祖宗的兵法教誨，用謀與慎戰更是精髓集成，期盼讀者仔細思考作者之用心，以人民的生計福祉為念，不一定非要走在上帝的前面。

黃介正

2022年11月8日

▍推薦序

　　戴東清教授的新著作「2025-2027台海一戰?」是一本重要且值得一讀再讀的創作。不僅是近年來罕見的深入剖析台海地區恐不免一戰的災難性危機,而且從美國、中國大陸,以及台灣本身近年來在政治發展,三者間所產生的矛盾與衝突,為何缺乏維護和平與穩定的台海現狀,為何弱化甚至不存在危機的管控機制,有意或無意將台海推向戰爭邊緣。

　　戴教授窮盡數十年研究台海的地緣戰略發展與變化,以精闢的洞見,深入淺出有系統的鋪陳寶貴的見解,是台灣學術界難得的貢獻。本人讀完戴教授的大作,獲益匪淺,也積極推薦大眾讀者細讀這本重要的醒世大作。

楊念祖

2022年10月28日

推薦序

　　2022年十月，中共舉行第二十屆黨代表大會，習近平打破慣例，順利連任最高領導人。在他第三個五年的任期中，兩岸是否走向火線，成為全球最熱議的話題！美國最高情治首長以及最高軍事將領，不約而同地說，習近平已經下令，要求解放軍在2027年做好攻台準備，美國海軍作戰部長不排除中共今年攻台的可能性。台灣是否步上烏克蘭的戰火後塵？民眾心理忐忑難安！

　　針對此一攸關生存發展的重要問題，台灣民眾認識不足，民調顯示，近七成的受訪者，不認為解放軍會武力攻台。在此關鍵時刻，南華大學國際關係學系戴東清教授，以未來三到五年間台海是否開戰為題，適時出版大作，詳細的分析了相關劇本。對於長年生活在舒適的小確性中、早已習慣媒體各式聳動新聞的台灣人而言，或將帶動一輪的深層反思。

　　在這部大作中，戴教授從三個面向，論證台海情勢的危殆。

　　首先，是地緣政治的變化。美國取代英國成為全球霸權，迄今近百年，中國大陸的經濟實力日益逼近，預料在2030年前，將可超越美國。國際政治上霸權的轉移，不但牽

動利益當事兩國的根本利害，還關係整體國際社會運作規則的再建立與更迭，激烈程度可想而知。目前美中之間的差異，不只是政治民主和專制之別，兩國的發展模式更是南轅北轍：中國模式強調政府效能和舉國體制的動員能力，美國模式則重視個人和市場的自由發揮。在國際經濟上，兩個各自獨立產業鏈的趨勢益發明確，美國對中國大陸高科技業的抵制，提出印太經濟架構（IPEF），聯合與國成立晶片聯盟（CHIPS）；相對地，中國大陸被迫強力建立自主的產業體系，對抗態勢明顯。在戰略安全方面，美國在和日、韓、澳等雙邊協防條約的基礎上，增加區域性的四邊安全對話（QUAD）和澳英美聯盟（AUKUS），並加緊和南海周邊國家進行軍事方面的合作，針對性一目了然。

今年八月解放軍對台灣進行空前的圍島軍演後，解放軍艦艇越過台海中線，已經成為新常態，根據國防部的說法，解放軍海軍艦艇經常性的停駐台灣四周海面；光是今年八月，解放軍空軍進入我防空識別區，數量已達732架次，兩岸之間瀕臨戰爭邊緣，已是路人皆知的現狀了！中共二十大前夕，北京發布《台灣問題與新時代中國統一事業》白皮書，未來對岸如何完成此一中華民族偉大復興的最後一塊拼圖，台灣人挫咧但！

第三個對台海朝向非和方向發展的因素，就是台灣執政黨民進黨的對中政策，以及日漸反中的民意。民進黨自創立以來，在選舉上無往不利，其所憑恃的，就是不斷挑起台灣內部最敏感的神經，從過去的省籍問題，到現在的台灣主權

（而非中華民國主權）是否獨立問題，始終如一。實力弱小的一方，勇於挑戰強大對手，肯定會得到掌聲，進而在選票上獲得回饋，但付出的，卻是解放軍日益逼近的代價，如今是否以武力遂行統一，已經是台灣人最大的夢魘。然而，中國崛起帶來的戰狼外交，引起西方民主國家民意的反彈，許多地區（包含日韓）的反中民意，比台灣有過之而無不及，使得台灣政治人物在推動反中的政策上，更是得寸進尺。

面對此一前所未見的挑戰，戴教授認為唯有兩岸從事和平統一談判，才能化解。此一建議固然擲地有聲，但前總統馬英九建議台灣奉行「備戰、避戰、謀和」的安全戰略，卻遭到民進黨人士圍攻。在民進黨政府全面「抗中保台」的選舉運作下，「去中國化」已經不可逆轉，連帶地，連「兩岸一家親」、「台灣人也是中國人」等源自兩岸同文同種的柔性文化詞藻，都成為政治毒藥，在此情況下，如何展開兩岸和談？

面對遷台以來最嚴厲的挑戰，民進黨政府卻提不出任何化解之道，所推行的政策，反而加速兩岸滑向終極對決，有識之士無言以對。希望戴教授的大作，能喚醒沉迷在政治算計制中的政治人物，以及沉睡中的小確幸們！

趙建民識於

中華民國111年11月6日

▌自序

　　個人曾經在2012年寫了一本名為「台海終究難免一戰！？」的書籍，該書主要是從兩岸民族主義的衝撞、中國歷史上統一與獨立都將面臨戰爭、美中霸權競爭使台海成為戰爭引爆點，以及戰爭本身就有不可避免性的角度，探討兩岸是否終究難免一戰。在書名中同時放上驚嘆號與問號，主要原因是驚嘆號代表若兩岸終究難免一戰真的發生，除了驚嘆為何不找出避戰的方法外，恐怕只留下未能及早避戰的遺憾了；問號當然是疑問句，旨在提出兩岸真的終究難免一戰的問題？有沒有可能在戰爭發生前，找到止戰的方法。

　　10年過去了，雖然驚嘆號沒發生，但是問號也沒找到答案。若按照本書從美國內部因素、大陸內部因素，以及台灣內部因素的角度分析，發生終究難免一戰的驚嘆號愈來愈真實，發生的時間也離台灣民眾愈來愈近，問號的空間相形之下，也就愈來愈有限。按照本書的分析台海一戰的時間點就落在2025至2027年之間。或許會有專家學者甚至讀者認為本書的結論過於悲觀或過於危言聳聽，不過當中共國家主席習近平表示台灣問題不能一代一代拖下去，不就代表要不和統，要不武統，不是嗎？更何況俄烏戰爭前，也有許多戰略專家認為俄羅斯總統普丁不會出兵，因此何來過於悲觀或危

言聳聽之有？因此如何找到避戰方法，是台灣當前面臨的首要課題。

　　本書的出版，首先當然要感謝張裕亮教授、黃介正教授、楊念祖教授及趙建民教授（按姓名筆劃順序）為本書寫推薦序，增加本書的可讀性，也為本書增色不少。其次，要感謝本書的編輯，在本書出版上所提供的協助。再次，也要感謝親愛的家人，總是在背後默默支持個人的研究工作。最後，要感謝的就是本書的讀者，透過閱讀本書及分享書中的觀點，能為兩岸止戰提供些許助力。

目次

第一章
導論

　　中共為反制美國眾議院議長裴洛西訪台可能造成的兩岸一邊一國效應，解放軍在裴洛西2022年8月3日訪台結束後的次日開始，在環繞台灣周邊的六個領海鄰接區塊（包括台灣東部的兩個區塊）舉行為期3天的軍事演習。[1]後似又延長3天，至8月10日中共解放軍東部戰區才宣布：「台灣周邊海空域聯合軍演成功完成任務」。[2]此舉無異使得原本已處於冷和狀態的兩岸關係，隨時可能因為美中台互動事件升高為熱戰，成為可預期的現實，而不再是紙上談兵。

第一節　為何是2025-2027？

　　2016年民進黨取得中華民國的執政權，由於該黨不認為

---

[1]　編輯部，共軍宣布完成軍演任務　國防部：不會因軍演結束鬆懈，**Yahoo新聞**，2021年8月10日，https://tw.news.yahoo.com/%E3%80%90%E5%A4%A7%E9%99%B8%E8%BB%8D%E6%BC%94%E4%B8%8D%E6%96%B7%E6%9B%B4%E6%96%B0%E3%80%91-3-%E8%89%98%E5%85%B1%E8%BB%8D%E9%A3%9B%E5%BD%88%E9%A9%85%E9%80%90%E8%89%A6%E5%87%BA%E6%B2%92%E8%8A%B1%E6%9D%B1%E5%A4%96%E6%B5%B7-%E5%B7%AE-1-%E6%B5%AC%E9%80%B2%E5%85%A5%E9%84%B0%E6%8E%A5%E5%8D%80-071135191.html，上網日期：2022年8月21日。

[2]　Ibid.

兩岸在1992年有達成關於「一個中國」原則與涵義的「九二共識」，因此上台後就不再依循前政府處理兩岸關係之「九二共識」的政治基礎，再加上該黨曾通過「台獨黨綱」，因此被中共視為是台灣已然片面改變了持續經年的兩岸現狀，故不斷在台灣西南防空識別區進行機艦巡航，以確保台灣不致進一步採取走向法理台獨的舉措，以免必須訴諸武力來解決問題。

2020年總統選舉，原本選情不被看好的民進黨，因為趁勢利用香港2019年發生「反送中」的抗議浪潮，掌握住民眾擔心「今日香港、明日台灣」在台灣發生，從此將不再享有得之不易的民主自由，加之成功宣傳「九二共識」等同於「一國兩制」，得以台灣選舉史上最高票的817萬票連任成功。成功連任後的民進黨政府，可謂是在兩岸關係上更凸顯「兩個中國」的意涵，包括在2020年5月的總統就職演說中提出「過去七十年，中華民國台灣」的概念[3]，在2021年10月中華民國國慶文告揭示「中華民國與中華人民共和國互不隸屬」。[4]此等聲明當然使得台灣距離大陸愈離愈遠，兩岸緊張情勢也就更不容易得到舒緩！

2024年台灣將面臨另一次總統大選，若屆時民進黨主張的「抗中保台」牌再次奏效，則可能再次取得執政權。獲得

---

[3] 呂晏慈，【520就職】蔡英文演說提「中華民國台灣70年」，蘋果新聞，2020年5月20日，https://www.appledaily.com.tw/politics/20200520/UAN5XYGS3HXLQUZV5COHQ4T4QE/，上網日期：2022年8月24日。

[4] 許依晨，蔡英文稱「中華民國與中華人民共和國互不隸屬」、學者：恐升高對立，旺報，2021年10月10日，https://www.chinatimes.com/realtimenews/20211010002387-260409?chdtv，上網日期：2022年8月24日。

選民再次授權的民進黨政府，在兩岸關係政策上改弦更張的可能性甚低，既然過去的政策施行結果，依然能夠得到選民的認同，試問有何原因要改變政策方向？此種結果當然會引發中共進一步的疑慮，尤其是2020年開始民進黨政府雖然未推動重新定義領土範圍的修憲，但是提出「中華民國台灣七十年」、「中華民國與中華人民共和國互不隸屬」，顯然是藉由政治手段來取代法律制度，將兩岸關係定位為「兩國關係」。

　　中共於2022年8月10日發表第三份對台政策白皮書「台灣問題與新時代中國統一事業」，特別強調：「民進黨當局堅持『台獨』分裂立場，勾連外部勢力不斷進行謀『獨』挑釁。他們拒不接受一個中國原則，歪曲否定『九二共識』，妄稱『中華民國與中華人民共和國互不隸屬』，公然拋出『新兩國論』」[5]既然中共已經認定民進黨政府將兩岸關係定位為「新兩國論」，自然就不期望再次執政的民進黨政府會在兩岸關係有改變政策方向的可能，兩岸劍拔弩張的機會就大增，這也就是為何2025年中共對台動武的可能性增加的根本原因。

　　若是屆時中共讓新政府調整政策的時間，不在2025年立即對台採取軍事壓制作為，以迫使台灣坐上和平統一的談判桌，則另外一個可能的時間點則為2027年前。自從修憲取消

5　國台辦、國新辦，台灣問題與新時代中國統一事業，新華社，2022年8月10日，http://www.gov.cn/zhengce/2022-08/10/content_5704839.htm，上網日期：2022年8月11日。

國家主席兩任的限制後，習近平在2027年前將要對第四任期展開佈局，若是沒有非常明顯的功績，又什麼資格像中共開國元勳的第一代領導人毛澤東、第二代領導人鄧小平一樣，久任不退。

習近平為了讓其第四任期更有合法性，勢必要在相對容易得分的「兩岸統一」問題上有新進展，否則如何對內交待，總不能像第三代領導人江澤民一樣，在多留任軍委主席2年，而引發抱怨暗流後，才不情不願地退出權力舞台吧！[6] 尤其是經濟成長趨緩，已經是愈來愈成熟之經濟體的中共必然面臨的處境，習近平要在經濟發展上得分的可能性愈來愈低，不如在「兩岸統一」有新進展來得相對有利，所以屆時台灣將面臨更大的政治與軍事上的「促統」壓力。

美國防衛郵報引述美國中央情報局副局長柯恩（David Cohen）的說法指出，中共國家主席習近平已經下令軍方，要在2027年前發展出能夠控制台灣的能力，柯恩並解釋此種命令的意涵，是習近平要解放軍準備好讓他未來可以做對台灣想做的事。[7] 柯恩的說法與美國前印太司令部指揮官戴維森（Philip Davidson）不久前的言論吻合，戴維森表示未來6年在台灣，會有北京統一島國（the island nation）的

---

[6] 裴莉絲（Jane Perlez），胡錦濤是否連任軍委主席引發關注，*紐約時報中文版*，2012年11月13日，https://cn.nytimes.com/china/20121113/c13military/zh-hant/.上網日期：2022年9月30日。

[7] Joe Saballa, China to Develop Ability to Seize Taiwan by 2027: US Intel, *The Defense Post*, Sep 21, 2022, https://www.thedefensepost.com/2022/09/21/china-seize-taiwan-us-intel/. Retrieved on Sep 29, 2022.

潛在事件。[8]這也與美國參謀首長聯席會議主席麥利（Mark Milley）2021年的言論類似，他表示習近平已要求軍方加速現代化的計畫，以便自2025至2027年奪取台灣並加速完成。

日本智庫日本戰略研究論壇（JFSS）於2022年8月6日和7日舉行模擬台灣出現緊急狀況的「台灣有事」兵棋推演，兵推模擬的是2027年中共對台開戰的情境。這場兵推主要在模擬，日本政府要如何依據《安保法》介入台海戰爭；所謂的「事態認定」是決定日本自衛隊會如何行動的關鍵。[9]

在中共「二十大」後，長久研究社會主義國家轉型的中研院吳玉山院士更研判，兩岸戰爭的可能變項，也形容到2027年前「已臨深淵、已履薄冰」。[10]由此可見，美日台相關智庫或個人，都已預期2027年左右的確是台海有可能發生一戰的年份，台灣宜預先有所因應。

其實早在2021年5月1日經濟學人就以頭條文章介紹，「台灣是地球上最危險的地方」（The most dangerous place on Earth），理由是「戰略模糊」已然瓦解，美國開始擔心無法嚇阻中共以武力奪取台灣；時任美國印太司令部指揮官戴維森3月告訴國會議員，中共最快將在2027年攻擊台灣。[11]

8　Ibid.

9　薄文承，美日都進行兵推台海局勢可能的走向和結果？天下雜誌，2022年8月11日，https://www.cw.com.tw/article/5122361，上網日期：2022年8月30日。

10　潘維庭，「習近平二十一大想延任！」中研院院士：兩岸戰爭到2027「已臨深淵」，風傳媒，2022年10月24日，https://www.storm.mg/article/4578100?page=1。上網日期：2022年10月25日。

11　Leaders, The most dangerous place on Earth, *The Economist,* May 1, 2021, https://www.economist.com/leaders/2021/05/01/the-most-dangerous-place-on-earth. Retrived on Sep 30, 2022.

經濟學人北京分局主任David Rennie 2022年8月16日表示，過去詢問駐北京外交人員關於台海一戰，他們都認為難以想像，因為中共要付出的代價太高，但是最近得到的消息，卻是有可能，而且可能很快，可能在2030年前。[12]

美國官員指出，台灣需要成為具有足夠武器的豪豬，拒止中共的軍事封鎖與入侵，如果美國要派遣部隊援台。[13]他們在研究最近中共海空軍在台灣周邊演習後認為，中共很可能將封鎖台灣作為試圖入侵的前奏、因此要努力將台灣建構成巨大的軍火庫，讓台灣可以撐到美國與其他國家的介入，一旦該等國家決定如此做。[14]美國有線電視CNN，2022年9月29日宣布，要在台灣開新分社，由前駐香港國際資深特派員萊利（Will Ripley）擔任主任，理由是台灣在世界秩序快速變遷中具有關鍵角色，在台灣駐點可以讓CNN，深入了解快速演變的全球地緣政治格局中的亞太拼圖。[15]

不論是美國官員要把台灣變成巨大軍火庫，或者CNN要在台灣新聞分社，都說明台海一戰的危機似乎迫在眉睫，否則何需如此？CNN過去對台灣的採訪安排，都是有重大新聞事件時，從香港分社派員來台採訪，實際上CNN

[12] David Rennie, Taiwan: will there be a war? , *The Economist,* Aug 16, 2022, https://www.economist.com/films/2022/08/16/taiwan-will-there-be-a-war. Retrieved on Sep 30, 2022.

[13] Edward Wong and John Ismay, U.S. Aims to Turn Taiwan Into Giant Weapons Depot, *The New York Times*, Oct 05, 2022, https://www.nytimes.com/2022/10/05/us/politics/taiwan-biden-weapons-china.html. Retrieved on Oct, 07, 2022.

[14] Ibid.

[15] Keoni Everington, CNN opens bureau in Taiwan, *CNN,* Sep 29, 2022. https://www.taiwannews.com.tw/en/news/4672118. Retrieved on Oct, 07, 2022.

台北分社社長萊利過去就是在香港任職，一年前被派來台駐點。[16]如今又新開台北分社，名義上是看重台灣的關鍵角色，實際上是台海戰爭將改變亞太地緣政治拼圖，豈能不有第一手的觀察？

第二節　台海一戰的風險日益增加

自從兩岸1949年分治以來，總共經歷四次台海危機。[17]第一次台海危機在1954年9月3日爆發，主因韓戰結束後，中共欲「解放台灣」，後續又出現一江山、大陳群島戰役，最終中共控制了台州群島。[18]第二次台海危機則是在1958年8月23日爆發，又名823砲戰，中共想藉由砲擊金門的方式測試美方，以及表明對台立場，結果中共未如預期佔領金門，而美方也有「劃峽而治」的計畫；有一說，此係中共為維持中華民國統治的領土與中國大陸的連結紐帶，因而改變政策。[19]

第三次台海危機則發生於1995年、1996年，中共抗議前總統李登輝赴美，以及干預台灣選舉，除了在靠近大陸沿海地區進行演習外，並在高雄、基隆外海進行導彈發射軍事演習。美國為防止兩岸爆發軍事衝突，還特別派遣兩個航空母

---

[16]　Ibid.

[17]　呂佳蓉、唐佩君、萬來儀：第四次台海危機　中國試圖改變台海現狀，**中央社**，2022年8月7日，https://www.cna.com.tw/news/aipl/202208070101.aspx，上網日期：2022年8月29日。

[18]　Ibid.

[19]　Ibid.

艦戰鬥群－尼米茲號與獨立號，至高雄及基隆外海巡弋，並警告北京若以武力解決台灣問題，對美國而言是一個嚴重事件。[20]在台美中三方都有所克制情況下，致使危機得以順利落幕，未發生擦槍走火的狀況。

第四次台海危機則是發生在2022年8月美國眾議院議長裴洛西訪問台灣之後，中共解放在環繞台灣周邊的六個領海鄰接區塊（包括台灣東部的兩個區塊），這也是中共解放軍首次在台灣東部海域舉行軍事演習，且在演習期間有飛彈飛越台灣北部上空，中共軍機不斷跨越海峽中線，此等情勢無疑使台灣軍方的戰略縱深大幅緊縮，維護台海軍事全安的反應時間急劇減少，保衛國土安全的壓力則大增。當中共解放軍在以武力解決台灣問題上愈來愈有信心，也就意味著台海一戰的風險將迫在眉睫。

軍事行動實際上是達成政治目標的手段，世界上大概沒有一個國家是為戰而戰，就如同美國發動阿富汗及伊拉克戰爭，是以反恐及滿足能源需求為其政治目標一般。中共2002年發布對台政策白皮書，揭示武力攻台的三個如果：「如果出現台灣被以任何名義從中國分割出去的重大事變，如果出現外國侵佔台灣，如果台灣當局無限期地拒絕通過談判和平解決兩岸統一問題」。[21]這三個如果在2005年通過的

---

20 戚嘉林，史話》1996年台海危機如何落幕，**中國時報**，2022年7月9日，第9A版。

21 國台辦、國新辦，一個中國原則與台灣問題，2000年2月，http://www.gwytb.gov.cn/zt/baipishu/201101/t20110118_1700148.htm，上網日期：2022年8月10日。

「反分裂法」被修正為「台獨分裂勢力以任何名義、任何方式造成臺灣從中國分裂出去的事實，或者發生將會導致臺灣從中國分裂出去的重大事變，或者和平統一的可能性完全喪失」。[22]

不論是「台灣當局『無限期地拒絕』通過談判和平解決兩岸統一問題」、「和平統一的『可能性完全喪失』」，都意味著中共不會容忍「和平統一」問題完全沒有進展，這也說明台灣要永遠維持兩岸「不統不獨」的現狀的可能性幾乎是零。[23]然而偏偏各種民調都顯示大部分台灣民眾希望維持兩岸現狀，拒統的意願強烈。一方欲統一的意願愈來愈強烈，因為不能一代一代拖下去，[24]想要儘早結束中國淪為次殖民地以來的最後羞辱—對日甲午戰爭失敗割讓台灣，[25]另一方卻不願展開統一談判的行動，最後只能透過武力手段解決，否則還有其他辦法嗎？這也就說明為何台海一戰的風險愈來愈高！

---

[22] 中華人民共和國全國人大，反分裂國家法，**新華網**，2005年3月14日，http://news.xinhuanet.com/taiwan/2005-03/14/content_2694168.htm，上網日期：2022年8月16日。

[23] 呂佳蓉，趙春山：台灣不統不獨現狀難維持　北京將改變現狀，**中央社**，2022年9月21日，https://www.cna.com.tw/news/acn/202209210208.aspx.上網日期：2022年9月30日。

[24] 習近平指出，兩岸長期存在的政治分歧問題是影響兩岸關系行穩致遠的總根子，總不能一代一代傳下去。請參閱習近平，在《告台灣同胞書》發表40周年紀念會上的講話，**人民網**，2019年1月2日，http://cpc.people.com.cn/BIG5/n1/2019/0102/c64094-30499664.html，上網日期：2022年8月10日。

[25] 鄧小平表示，任何外國不要指望中國做他們的附庸，不要指望中國會吞下損害中國利益的苦果，他並把爭取實現包括台灣在內的祖國統一、反對霸權主義、維護世界和平列為80年代要完成的任務。請參閱鄧小平，《鄧小平文選1975-1982》，北京：人民出版社，1983年，頁372。

尤其是中共已於2010年成為全球第二大經濟體，經濟與軍事的硬實力已非同小可，連美國都要在美中聯合聲明中表示，美方歡迎一個強大、繁榮、成功，在國際事務中發揮更大作用的中國。[26]以中國大陸日益強大的政經實力，在對台動武的能動性上，勢必比過去要來得強。對台動武已從過去的「能不能」、「會不會」，已然變成現在的「什麼時候」的問題。對中共而言，若是能找到比動武更好的方法達成兩岸統一目標，當然更好；若是不能，當然不能排除會在某個特定的時間，採取非和平方式及其他必要措施，捍衛國家主權和領土完整。這也是中共始終不願放棄使用武力的根本原因，因為放棄使用武力，無異於放棄兩岸統一的目標。

其實，早在大陸當局制訂「反分裂法」之前，就不斷地在進行武力攻台的軍事演練。1999年9月，廣州軍區和南京軍區舉行了一次聲勢浩大的三軍聯合渡海登陸演習。陸海空三軍、二炮以及民兵預備役部隊數萬人，數千艘戰艦、民船參加了這次演習。南京軍區的演習地點在浙江舟山地區的東海海域，距離基隆市300多公裡；廣州軍區的演習地點在廣東陽江地區的南海海域，距離高雄市400多公裡。[27]報導稱：登陸演習具有如下特點：採用兩個軍區的兵力，對台灣海峽

---

[26] 美國總統歐巴馬與中共國家主席胡錦濤之聯合聲明的用語，請參閱Office of the Press Secretary, U.S.-China Joint Statement, *The White House*, January 19, 2011, http://www.whitehouse.gov/the-press-office/us-china-joint-statement. Retrieved on August 29, 2022.

[27] 何立波，建國以來解放軍軍事演習回眸，**中國共產黨新聞網**，http://cpc. people.com.cn/BIG5/64162/64172/85037/85038/7081355.html，上網日期：2022年8月30日。

南北夾擊，兩線登陸；動員民兵和預備役部隊參加演習，先進軍艦和大量民船同時全面出擊，萬船齊發；海陸空力量協同攻擊，採取立體分割，縱深突襲的戰法。報導更指稱：此次三軍聯合渡海登陸演習的成功充分証明共軍已具備大規模渡海登陸能力，台灣海峽並非不可逾越的障礙。[28]

2001年6月，中共為警告台灣和美國新政府領導人不要在台灣問題上玩火，表明中國政府捍衛主權與領土完整的決心，解放軍在福建東山島舉行代號為「解放一號」的陸海空三軍登陸演習。近十萬官兵參加了兩棲登陸演習和旨在擊沉一艘航空母艦的模擬海戰。此次演習有導彈旅、陸戰旅、多艘戰艦和潛艇參加，蘇-30戰機搭載KH-59M空對地導彈將會負責掌握台海制空權及確保坦克登陸部隊作戰。[29]連「解放一號」的名稱都已經出現了，不就代表中共欲以武力來解放台灣，如此真實的台海一戰之可能性，台灣豈能輕忽！

《解放軍報》於2015年7月21日報導，解放軍舉行「跨越－2015・朱日和C」演習，著重紅軍在演習中透過有效使用新型作戰力量取得城市要點奪控戰的勝利。該旅旅長丁超表示，朱日和城市作戰訓練場模仿城市真實環境，而新型作戰力量的使用，對於戰鬥進程的發展起到了至關重要的作用；「陸航、特戰等多支新型作戰力量由『紅軍』指揮員直接掌握，這在該旅歷史上尚屬首次。」[30]因該次演習出現類

[28] Ibid.

[29] Ibid.

[30] 藍孝威，中共軍演 模擬攻台總統府，**中國時報**，2015年7月22日，https://www.chinatimes.com/realtimenews/20150722002389-260409?chdtv，上網日

似台灣總統府的紅白建築，又是模擬城市戰，以及派遣陸航，特戰部隊，自然會讓人聯想是以攻佔台灣總統府作為演習目標。

引發第四次台海危機的解放軍軍演，先是用導彈攻擊特定目標，再輔以戰機與戰艦取得台海的制空與制海權，再加上前此的登陸戰及城市戰，解放軍可謂是已將對台動武的劇本從頭到尾演了一遍，就按照政治談判進度來決定武統戰爭到底要推多遠？畢竟動武的目的不在動武，而是為了要達成政治目的，若是政治目的已達，就可立即停火。就如同中共在1979年發動懲越戰爭一般，自認達到懲越目的即停火並退回至原有邊界之內，並未將戰爭推到佔領越南土地，並且強逼其簽下投降書為止。

第三節　章節安排

一般而言，影響兩岸關係的除了美中霸權競爭的大結構外，就是美國國內因素，大陸內部因素，以及台灣內部的因素。美中關係之所以面臨此種緊張關係，除了現存的霸權美國要設法壓制崛起中的霸權中共外，美國前任總統川普對中共發動貿易戰及科技戰，對雙方關係當然會帶來更負面的影響。拜登總統上任後，雖然被習近平視為是老朋友，然而受限於美國國內的反中氛圍，只能繼續執行川普在任時競爭多於合作的政策，台灣議題恰恰成為美國用來牽制中共的一張

期：2022年8月30日。

好牌。

　　若非中共國家主席習近平為了確立歷史地位而推出中華民族偉大復興的中國夢，以及強化與周邊國家經濟發展與基礎建設合作的「帶路倡議」，又豈會加深現存美國霸權的疑慮，進而利用台灣議題來牽制中共。然而隨著中共政軍實力的增加，豈能讓過去1894年中英鴉片戰爭以來，超過百年的歷史屈辱繼續重演？說什麼也要設法與美國平起平坐，從太平洋夠大足以容納美中兩國，到全球夠大可以讓美中共同發展，處處可見此種不忍持續當老二的心態。由於擔心美國打台灣牌，中共自然要強化對台「倚美謀獨」的指控與壓制，以免限於被動地位。

　　台灣的民進黨政府儘管表示要依據中華民國憲法與兩岸人民關係條例，來處理兩岸事務，然而不接受以中華民國憲法為基礎的「九二共識」，導致中共認為台灣在美國鼓勵之下，想要改變兩岸關係現狀，為免情失控，故不斷派遣機艦在台灣周邊海域及防空識別區進行軍事干擾，以警告台灣不要跨越法理台獨的紅線。台灣面臨來自中共日益嚴重的軍事干擾，只能更靠向美國，期望一旦台海有事，美國可以軍事介入，畢竟要靠台灣一己之力來對抗中共的武力威脅，難度甚大。

　　也正因為美國國內因素、大陸內部因素及台灣內部因素，都會對台灣一戰會否發生造成影響，因此本書的章節安排就以這三方面的內容來加以爬梳。本書的第一章是導論，介紹為何2025-2027是台海很可能發生一戰的年份，主因除

了美中囿於霸權競爭的國際架構，而持續競爭甚至對抗多於合作外，美國的國內因素、大陸的內部因素以及台灣的內部因素，都會對該等年份發生一戰造成影響！關心台海安全的美日台智庫與個人，紛紛發表中共將於2027年以軍力促成統一，更使此種判斷成為現實的可能性大增。

第二章則探討美國國內的因素如何讓台海一戰極有可能發生，君不見有一說俄烏戰爭遲遲不能結束，就是因為美國想藉此戰爭拖垮俄羅斯。[31]同樣地，美國欲藉戰爭消弱中共的政軍實力，引發台海一戰不正是最好的辦法嗎？更何況美中的霸權競爭與文明衝突論，在美國國內始終佔有一席之地，否則不會引發如此多的討論，再加上美國國內民眾對中共的惡感屢創新高，美國民主與共和兩當在反中議題上有共識，凡此都讓美國政府藉引發台海一戰以削弱中共的政軍實力具有合理性，這也是第二章的內容。

第三章則是分析大陸內部對兩岸關係或台海一戰的影響，習近平提出中華民族偉大復興的中國夢，而兩岸統一是中國夢的核心內容，台灣之所以不在中華人民共和國的版圖之內，主要是受到中日早午戰爭後被割讓的緣故。1945年雖然重回中華民國的版圖，1949年卻因為國共內戰，中華民國版圖暫時縮減至台澎金馬，但是台灣澎湖始終未在中華人民共和國管轄之下。若是中國不能統一，又何來中華民族偉大

---

31 陳政嘉，烏克蘭只是美國削弱俄羅斯的砲灰？中媒批：地緣政治的一場大戲，Newtalk新聞，2022年5月10日，https://newtalk.tw/news/view/2022-05-10/752516，上網日期：2022年8月30日。

復興呢？若是中共要和統台澎金馬不成，自然就會採取武統手段，否則如何實現中國夢。近期中共對台不斷釋放出統一後台灣民眾如何有利的訊息，顯然已將兩岸統一擺上議事日期，這也是台灣必須謹慎因應的情勢。

第四章則為台灣內部情勢對兩岸關係及台海一戰可能的影響。毫無疑問受到兩岸分治及台灣人自我認同的需要，再加上擔心兩岸統一會失去現有的民主自由的生活方式，因此抗拒兩岸統一態勢愈來愈明顯，以致「抗中保台」在台灣始終有政治市場。2019年香港反送中抗議運動及2020年中共越過香港立法會直接公布的《港區國安法》，無疑讓「今日香港、明日台灣」的說法，在台灣具有一定的接受度，更使兩岸透過交流協商降低敵意顯得困難，甚至已經出現在不當時機交流即投降的言論。當兩岸敵意有如螺旋般地上升，任何一項誤解的行動都可能導致兵戎相見，這也就是解析台灣內部因素對台灣一戰可能造成影響的根本原因。

第五章則為本書的結論，不論是從美國國內因素、大陸內部因素，以及台灣內部因素觀察，都可看出2025至2027年間，台海一戰發生的可能性愈來愈高。有道是解鈴還需繫鈴人，若要使兩岸不兵戎相見，不論是美國、中共及台灣都需要相應作出政策調整，結論也將針對三方需要進行那些政策調整進行討論，以免台灣一戰成為現實。

第二章

反中成為美國的主流思想

　　如前所述，美國國內因素是會否引發台海一戰的重要原因，主要是因為兩岸關係一直受到美國台海政策的影響。第三次台海危機的發生是因為故總統李登輝在美國國會決議下，至母校康乃爾大學發表演說而引發。第四次台海危機的發生，則是因為美國眾議會議長裴洛西執意訪台的結果。本章將從霸權競爭與文明衝突、反中是共和民主兩黨的共識、美國民眾反中氣氛濃厚三方面，來分析美國台海政策不易改變的原因。

第一節　文明衝突與霸權競爭[1]

　　文明衝突是杭亭頓在1993年發表在《外交事務》季刊的文章，後於1996擴充為一本書。杭亭頓在書中的序言提到，根據《外交事務》季刊編輯的說法，該文章出版後三年內所激發的討論，比自1940年代以來所出版的任何一篇文章還要

---

[1] 本節部分內容曾發表於戴東清，跨文化與文明衝突，張裕亮編，跨文化溝通與協調，台北：五南出版社，2022年，頁7-21，因出版本書予以收錄及改寫。

來得多。[2]這或許是杭亭頓要把一篇文章擴充為一本書的原因吧！令人感到好奇的是，為何該文章會激發如此多的討論？若非該主題確實點出當代人們關切的議題，又豈會激起許多人參與討論的熱度？既然討論，也就代表贊成與反對該主張的意見都有，這也是本節欲加以探討與釐清的。

　　杭亭頓在「文明衝突與世界秩序的重建」一書中，將世界文明區分為8大類，分別為中華文明（Sinic）、日本文明（Japanese）、印度文明（Hindu）、伊斯蘭文明（Islamic）、東正教文明（Orthodox）、西方文明（Western）、拉丁美洲文明（Latin American）、非洲文明（African）。[3] 在1993年的文章中，杭亭頓是以儒家文明（Confucian）來替代中華文明，不過他解釋中華文明不僅限於儒家文明而已，加上有許多學者使用該用法，所以加以替換。[4]這樣的替換堪稱合理，畢竟獨尊儒術也是西漢以後的事，不能說西漢以前的中華文明不存在。

　　既然是談文明衝突，緊接著問題就是未來的衝突來自於那幾類的文明？杭亭頓對此表示，最可能發生衝突的文明是西方與中華文明及伊斯蘭文明。英國與美國之間的霸權競爭得以和平轉移，主要是因為兩個社會有非常近似的文化脈絡，然而中美之間的霸權之爭由於是不同文明之間的對抗，因此即使發生武裝衝突的機率不是百分之百確定，但是可能

2　Samuel, Huntington, *The Clash of Civilization and the Remaking of World Order*, London:Simon & Schuter UK Ltd, 1996, p.13.

3　Ibid, pp.45~47.

4　Ibid, p.47

性卻是愈來愈高，中國大陸崛起無疑是核心國家間之文明大戰的潛在來源。[5]至於伊斯蘭文明，杭亭頓則認為是現行許多相對規模小之「斷層線」（fault line）戰爭的起因。[6]

2001年的911事件，可說是美國發動針對伊斯蘭文明之「反恐戰爭」（war on terror）的主因，以西方文明領頭羊自居的美國，也因此在阿富汗境內打了20年的反恐戰爭，直到現任美國拜登總統上台後，才在2021年8月正式將美軍撤出阿富汗。然而這不代表美國與伊斯蘭文明之間的衝突就此停止，伊朗的核武問題也是西方文明與伊斯蘭文明之間發生衝突的重要因素，美國針對伊斯蘭國之領袖的奇襲，也從未停止。就如同杭亭頓所言，許多相對規模小之「斷層線」武力衝突始終在進行中。以下將針對美中之間的文明大戰，展開進一步的分析。

不同於杭亭頓認為美中間之武力衝突的可能性愈來愈高，格雷漢·艾利森（Graham Allison）則出版一書直接點明美中「注定一戰」（Destined for War），只是該書是以問句的型式出現，並且有副標題「美中能否避免修昔底德的陷阱？」（Can America and China Escape Thucydides's Trap?）。[7]說明其認為美中可能爆發因文明差異而衝突的嚴重程度，可謂是比杭亭頓預判的有過之而不及。

艾利森統計過去500年的歷史，曾經發生過16次霸權

5　Ibid, p.209.

6　Ibid, p.209.

7　Graham, Allison. *Destined for War: Can America and China Escape Thucydides's Trap?* New York: Houghton Mifflin Harcourt Publishing Company, 2018, p.

之間的競爭，其中有12次以戰爭結束，只有4次霸權之爭未發生戰爭，發生戰爭的比例高達2/3（霸權之爭的相關情況詳如表2-1）。[8]未發生4次霸權戰爭之中，除了美國與蘇聯之冷戰有文明差異外，其餘3次都是屬於同樣文明之間的競爭，如此也可說明相同或相似文明之間，發生衝突的比例較低。美中之間若因為文明差異而使霸權之爭以戰爭結束，按機率來看，可能性的確非常大，這也可解釋為何艾利森會用「注定一戰」這麼聳動的標題當成書名。

表2-1：五百年來的霸權競爭

時期	現存霸權	崛起霸權	結果
15世紀晚期	葡萄牙	西班牙	無戰爭
16世紀前半期	法國	哈布斯堡	戰爭
16、17世紀	哈布斯堡	奧圖曼帝國	戰爭
17世紀前半期	哈布斯堡	瑞典	戰爭
17世紀中晚期	荷蘭共和國	英格蘭	戰爭
17世紀晚期至18世紀中期	法國	大不列顛王國	戰爭
18世紀晚期至19世紀前期	英國	法國	戰爭
19世紀中期	法國與英國	俄羅斯	戰爭
19世紀中期	法國	德國	戰爭
19世紀晚期至20世紀前期	中國與俄國	日本	戰爭
20世紀前期	英國	美國	無戰爭
20世紀前期	法俄支持下的英國	德國	戰爭
20世紀中期	蘇聯、法國、英國	德國	戰爭
20世紀中期	美國	日本	戰爭
1940s-1980s	美國	前蘇聯	無戰爭
1990s-現今	英國、法國	德國	無戰爭

資料來源：Graham Allison, 2018:42.

---

[8]　Ibid, pp.41~54.

為了呼應杭亭頓的文明衝突論，艾利森在其書「注定一戰」中也特別安排一章來討論文明衝突。艾利森有關美中文化差異的特點如下表2-2：

表2-2：美中的文化衝突

	美國	中國
自我認知	世界第一	宇宙中心
核心價值	自由	秩序
對政府的看法	必要之惡	必要之好
模範	傳教士	不可模仿
對外國人	包容	排外
時間序列	當下	永恆
改變	創新	恢復或演進
外交政策	國際秩序	和諧層級

資料來源：Graham Allison, 2018, 141.

艾利森也指出，儘管美中兩國在文化上有許多的差異，但是雙方有共同的特點，就是極端的優越感情結（extreme superiority complexes），都視自己為特殊的，也就是沒有同儕可比，要避免兩個世界第一的衝突，需要雙方有痛苦的調整，究竟何者比較困難？是中國大陸要理性化其宇宙學接受兩個太陽的存在，或者是美國要接受與另外一個優越者或超強並存？[9]直言之，除非美中雙方能夠改變認知，也就是改變身為世界第一或宇宙中心的核心價值，否則談何容易。即使一方改變認知，另一方也不見得就能接受。

9　Ibid, p.140.

就如同中共國家主席習近平2012年還在擔任副主席之時訪美，接受《華盛頓郵報》書面採訪表示：「寬廣的太平洋兩岸有足夠空間容納中美兩個大國」。[10]不過這樣的表述依然無法改變，自2012年迄今的美國歐巴馬、川普及拜登政府，想要透過外交政策試圖對中國大陸形成圍堵態勢，達成減緩其崛起速度之目標。若美國政府已接受習近平太平洋有空間可同時容納美中兩個的說法，又豈會不斷試圖圍堵中共呢？由此可見，要改變認知並不容易。

當然中共本身改變過去「韜光養晦」而改採「有所作為」的外交政策，也是讓美國等西方國家，懷疑中共不爭霸、不稱霸之聲明的真實性。[11]2021年3月美中在阿拉斯加會談，中共外事辦主任、政治局委員楊潔篪當著美國國務卿布林肯、白宮國安顧問蘇利文的面，說出「美國沒有資格居高臨下同中國說話」、「中國人不吃這一套」、「你們沒有資格在中國面前說，你們從實力的地位出發同中國談話」等外交辭令大白話。[12]更是讓世人驚覺中共的外交政策已今非昔比，也很難將之與不爭霸、不稱霸劃上等號。

更何況2012年的「寬廣的太平洋兩岸有足夠空間容納中

[10] 吳慶才，習近平：寬廣的太平洋有足夠空間容納中美。中國新聞網。2012年1月14日，https://www.chinanews.com.cn/gn/2012/02-13/3665577.shtml。上網日期：2022年7月1日。

[11] 黃祺安，永不稱霸絕非舉手投降、「韜光養晦」是為了「有所作為」。香港01。2018年，https://www.hk01.com/sns/article/255200。上網日期：2022年8月1日。

[12] 編輯部，中美阿拉斯加會談：外交辭令之外的大白話「中國人不吃這一套」，英國廣播公司（BBC），2021年3月19日，https://www.bbc.com/zhongwen/trad/world-56456963。上網日期：2022年6月20日。

美兩個大國」，在2021年11月習近平在與美國總統拜登舉行視訊高峰會時，就已變為「地球足夠大，容得下中美各自和共同發展」。[13]不到10年的時間，習近平的談話就從「太平洋夠寬廣」到「地球足夠大」，不正說明即使中共不想要取代美國成為唯一霸權，也要取得與美國平起平坐的位置，這與楊潔篪所說的「美國沒有資格居高臨下同中國說話」，如出一轍。美國若不能接受有另一霸權與其共存，雙方有衝突又豈會是意外！

　　最後，艾利森也指出，他相信杭亭頓的文明差異，愈有可能成為衝突之重要根源的論點是正確的，美中的政治人物必須要有更謙卑的態度，來完成所欲達成的目標。[14]誠如前述，文明既有客觀的共同元素，也有人們自我的主觀認同。美中的文明的客觀元素就已存在重要差異，若在主觀認同上又不能相互理解，美中間的文明衝突最終導致爭端或戰爭的發生，還會遠嗎？而這個戰爭的引爆點極可能就在台海區域！

　　美國拜登政府2022年10月12日公布「國家安全戰略報告」，認定「中共是唯一的競爭者，同時具備重塑國際秩序意圖，以及有能力運用經濟、外交、軍事與技術實力達成目標。北京有野心要在印太地區建立更大的勢力範圍，也想要

---

[13]　習近平，地球足夠大，容得下中美各自和共同發展，人民網，2021年11月16日，http://politics.people.com.cn/BIG5/n1/2021/1116/c1001-32284138.html。上網日期：2022年6月30日。

[14]　Graham, Allison. *Destined for War: Can America and China Escape Thucydides's Trap?* p.147.

成為領導世界的強權」。[15]美國在國家安全戰略報告中,將中共定位為唯一的競爭者,顯然就是受到文明衝突與霸權競爭意識形態的影響。若是此種思維不改,美中衝突勢將難以避免。

第二節　反中是共和民主兩黨的共識

2001年9月11日美國紐約雙子星國貿大樓,被恐怖分子挾持的兩架民航機撞毀後,史稱911事件,大幅改變了美國對外政策的重心,以致美國將對外政策聚焦於反恐戰爭。君不見就在911事件發生前的4月25日,時任美國總統的小布希對外表示,要竭盡所能來防衛台灣,[16]該訊息也被視為改變美國向來對台海議題的「戰略模糊」政策,轉向「戰略清晰」。[17]若非911事件發生,美中可能早就在台灣議題上攤牌。

就如同美國前總統小布希在2011年10月出發前往上海參加亞太經合會時對外表示:「當然我們會討論經濟與貿易,但是主軸還是要持續動員全世界來對抗恐怖份子」。[18]由此

---

[15] The White House, National Security Strategy, The White House, Oct 12. 2022, https://www.whitehouse.gov/wp-content/uploads/2022/10/Biden-Harris-Administrations-National-Security-Strategy-10.2022.pdf. Retrieved on Oct 18, 2022.

[16] Kelly Wallace, Bush pledges whatever it takes to defend Taiwan, *CNN*, April 25, 2001, https://edition.cnn.com/2001/ALLPOLITICS/04/24/bush.taiwan.abc/. Retrieved on August 29, 2022.

[17] Ibid

[18] John King, Bush arrives in Shanghai for APEC, *CNN*, Oct 18, 2001, https://

可見，美國為了這場反恐戰爭，可謂是將其他議題都視為次要！自然也就無暇顧及台海議題，究竟要採取「戰略模糊」或「戰略清晰」的政策？尤其是反恐不僅需要各國合作，特別是需要聯合國安理會常任理事國的合作，否則只要常任理事國行使否決權，則反恐戰爭就得不到聯合國安理會的授權，對窩藏恐怖分子的國家出兵，正當性就會略嫌不足，又豈能不求助於中共？

　　小布希與中共前國家主席胡錦濤於2003年10月，在泰國舉行之亞太經合會的雙邊會上，對胡錦濤在聯合國安理會關於伊拉克決議案給予的協助，特別表達感謝之意，也指出雙方也有共同願望要發動及打贏反恐戰爭。[19]為了給予胡錦濤善意回應，小布希也在對台議題上有所讓步，否則美國白宮新聞稿不會發布，胡錦濤表示感謝小布希總統重申美國政府將堅守「一個中國」政策、美中「三個聯合公報」，以及「反台獨」的立場，雙方也都聲明願在對抗恐怖主義上強化合作。[20]美國政府向來在台獨議題上，都是表達不支持（do not support）而非反對（oppose），然而為了要與中共在反恐上加強合作，「反對」都已經出現在白宮正式的新聞稿上，除了說明美國在反恐上需要中共協助而必須做出讓步

---

edition.cnn.com/2001/US/10/17/ret.china.bush.apec/index.html. Retrieved on August 31, 2022.

[19] Office of the Press Secretary, President Bush Meets with President of China: Remarks by President Bush and President Hu Jintao of China, The White House, October 19, 2003, https://georgewbush-whitehouse.archives.gov/news/releases/2003/10/20031019-6.html. Retrieved on August 31, 2022.

[20] Ibid.

外，也意味著只要合乎該國利益，原本的立場是隨時可以修正與調整。

　　尤其是2003年12月中共前總理溫家寶訪美期間，小布希在白宮橢圓形辦公室回答記者提問時表示，美國政府的政策根據「三個公報」與「台灣關係法」的「一個中國」政策，我們反對任何來自中共或台灣片面改變現狀的決定，台灣領導人的評論與行動顯示他可能有意願決定要片面改變現狀，這是我們反對的。[21]從若台灣遭到中共攻擊將竭盡所能來防衛台灣，到反對台獨，立場差距之大可謂是不可以道理計。不僅如此，小布希還特別作球給溫家寶，請他邀請中方記者來提問。[22]

　　溫家寶就順勢表示：「我們的處理台灣問題的基本政策，就是和平統一與一國兩制，我們會盡最大的努力，以最高的誠意，以和平手段達成國家團結與和平統一。溫家寶另指出：「中國政府尊重台灣人民追求民主的渴望，但我們必須指出由陳水扁領導的台灣當局，企圖以民主為藉口訴諸防衛性公投，將台灣從中國分裂出去，此種分裂分子的行為，是中方絕對無法接受與容忍的。[23]溫家寶更進一步表示：「非常欣賞小布希總統近期針對台灣的行動與發展所持的立場，亦即台灣試圖以各式各樣的公投為藉口來尋求台灣獨

---

[21] Office of the Press Secretary, President Bush and Premier Wen Jiabao Remarks to the Press, *the White House,* December 9, 2003, https://georgewbush-whitehouse. archives.gov/news/releases/2003/12/20031209-2.html. Retrieved on Sep. 5, 2022.
[22] Ibid.
[23] Ibid.

立」。[24]

　　有論者指出，當初小布希採取強硬說辭承諾要防衛台灣，受到被保守派讚許並認為這是小布希要對與北京的關係採取較強硬立場的證據。但是如今小布希的聲明讓台灣及華府的保守派感到失望，他們都認為美國應該支持台灣民主的願望。[25]由於小布希在911事件前後的對台海立場差異如此之大，也難免會讓台灣及華府保守派失望，畢竟反恐政策的位階高於其他政策。因此當小布希與胡錦濤在2006年再次會談時，胡錦濤再次表示：「對美國政府在各種場合，聲明美國承諾一個中個，遵守美中三個公報，以及反對台獨，我們非常欣賞美國的承諾」。[26]

　　誠如前述，受到文明衝突與霸權競爭思維的影響，美國政府始終將中共視為競爭者或甚至是敵人，絕對不是像對待北約國家或日、韓的盟邦一般。因此當發動911事件的首腦賓拉登在2011年被殺之後，[27]美國反恐戰爭不再像過去投入那麼多的資源，設法延緩中共的崛起又重新回到美國對外政策的重點。為達成此目的，美國前總統歐巴馬總統在亞太

[24] Ibid.

[25] John King, Blunt Bush message for Taiwan, *CNN*, Dec 10, 2003, https://edition.cnn.com/2003/ALLPOLITICS/12/09/bush.china.taiwan/. Retrieved on Sep. 5, 2022.

[26] Office of the Press Secretary, President Bush and President Hu of People's Republic of China Participate in Arrival Ceremony , *The White House,* April 20, 2006, https://georgewbush-whitehouse.archives.gov/news/releases/2006/04/20060420.html. Retrieved on August 31, 2022.

[27] National Archive, Death of Osama bin Laden, *Barack Obama Presidential Library,* May 2, 2011 https://www.obamalibrary.gov/timeline/item/death-osama-bin-laden. Retrieved on Sep. 6, 2022.

區域經濟整合方面，加入跨太洋經濟夥伴協議（The Trans-Pacific Partnership, TPP），TPP也被視歐巴馬為是美國在亞洲地區的戰略支柱的中心，也會促進美國在亞太區的戰略利益。[28]

歐巴馬政府也特別指出：「TPP實際上可以重寫貿易規則以加惠美國的中產階級，因為如果我們不參加，未與我們價值共享的競爭者，像中共，就會進入以填補這個真空」。[29]只是繼任的川普總統不認同這項經貿協議，認為該協議會加速低薪製造業的衰退，也會增加不公平，所以選擇在2017年退出。[30]若是川普不退出TPP，美國在區域經濟整合對抗中共方面，應該仍然能夠發揮影響力。也正如歐巴馬政府所預測的，當美國不加入，中共就會選擇進入。果不其然，中共於2021年9月，提出申請加入美國退出後調整名稱的全面進步跨太平洋夥伴協議（The Comprehensive and Progressive Agreement on Trans-Pacific Partnership, CPTPP）。[31]

---

[28] James McBride, Andrew Chatzky, and Anshu Siripurapu, What's Next for the Trans-Pacific Partnership (TPP)?, *Council on Foreign Relations,* Sep 20, 2021, https://www.cfr.org/backgrounder/what-trans-pacific-partnership-tpp. Retrieved on Sep. 6, 2022.

[29] National Archive, The Trans-Pacific Partnership: What You Need to Know about President Obama's Trade Agreement, the White House, https://obamawhitehouse.archives.gov/issues/economy/trade. Retrieved on Sep. 5, 2022.

[30] James McBride, Andrew Chatzky, and Anshu Siripurapu, What's Next for the Trans-Pacific Partnership (TPP)?.

[31] Joanna Shelton, Look Skeptically at China's CPTPP Application, *CSIS,* November 18, 2021, https://www.csis.org/analysis/look-skeptically-chinas-cptpp-application. Retrieved on Sep. 6, 2022.

除了加入TPP之外，在區域安全議題上，歐巴馬政府則提出了「亞太再平衡」戰略[32]。該戰略的願景是：「美國尋求維持與強化穩定與多元的安全秩序，以利各國和平地追求國家目標，並符合國際法與共同規範及原則，包括：和平解決爭端、透過公平競爭的競爭環境，來提升有力、永續、平衡與包容性成長的開放經濟秩序，以及在人權與法治基礎上，建立一個可提升和平與人類尊嚴的政治自由秩序。」[33]優先順位是強化區域夥伴的合作，讓他們的重要性發揮槓桿作用，增強他們的能力以建立相同想法的國家網絡，以利維持及強化以規則為基礎的區域秩序，並揭示區域與全球的挑戰。[34]

歐巴馬政府也指出，與北京建立建設性關係，在支持拓展處理全球議題的實質合作的同時，也要坦誠地揭示雙方的差異，是再平衡戰略的重要組成部分，中共不該在有效發揮影響力之時，卻選擇性地自外於國際規範，這不僅是美國關切的議題，也是區域許多國家所關切的。[35]歐巴馬更進一步表示，再平衡不只是與國家，也要與人民建立夥伴關係，而且是由共享的價值來界定，並以我們追求的願景為引導。[36]歐巴馬雖然表示要與北京建立夥伴關係，但卻要求北京要遵

---

[32] Office of the Press Secretary, Advancing the Rebalance to Asia and the Pacific, *The White House,* Nov 16, 2015, https://obamawhitehouse.archives.gov/the-press-office/2015/11/16/fact-sheet-advancing-rebalance-asia-and-pacific. Retrieved on Sep. 6, 2022.

[33] Ibid.

[34] Ibid.

[35] Ibid.

[36] Ibid.

守西方國家所建立國際規範，而且不斷地強調要有相同想法及共同價值，劍指中共的意圖可謂是再明顯也不過了。

繼任的川普總統雖然不再以TPP作為經濟戰略來延緩中共的崛起，但是卻以課徵高關稅的經貿戰，[37]以及限制高科技產品出口至中國大陸的科技戰，[38]目的即在希望能藉此縮短美中貿易逆差，並提高美國製造業工人的就業率。同樣地在安全戰略方面，川普總統則提出「自由與開放的印太」戰略。[39]有論者指出，川普的印太戰略的目的，就是讓具不同文化與夢想的主權與獨立的國家，可以肩併肩地共同繁榮，並在自由與和平的環境下發展，這也是美國在太平洋地區的利益所在。[40]

川普的印太戰略概念除了依循傳統方針，建構美國在印太地區的交往基石，如透過區域同盟與夥伴網絡建構集體安全、促進經濟繁榮、鼓勵善治與分享原則。此外，川普政府

---

[37] 包括2019年9月1日開始針對3000億美元進口產品關稅從10%提高至15%、10月1日開始對另外2500億美元進口商品關稅從25%提高至30%。請參見 Jacob Pramuk, Trump will raise tariff rates on Chinese goods in response to trade war retaliation, *CNBC,* Aug 23, 2019, https://www.cnbc.com/2019/08/23/trump-will-raise-tariff-rates-on-chinese-goods-in-response-to-trade-war-retaliation.html. Retrieved on Sep. 6, 2022.

[38] 美國商務部宣布，將超過24國的華為公司及68家協力廠商列為黑名單，非經美國政府同意不得向美國公司購買零組件。請參見Reuters Staff, U.S. Commerce Department publishes Huawei export blacklist order, *Reuters,* May 17, 2019, https://www.reuters.com/article/usa-huawei-tech-commerce-idUKL2N22S1PZ. Retrieved on Sep. 7, 2022.

[39] Lindsey W. Ford, The Trump administration and the Free and Open Indo-Pacific, *Brookings,* May 2020, https://www.brookings.edu/research/the-trump-administration-and-the-free-and-open-indo-pacific/. Retrieved on Sep. 7, 2022.

[40] Ibid.

也提出些許新提議，如增加在印度洋與太平洋島國地區的交往、區域的透明度與反貪污計畫、數位基礎建設與能源合作計畫，以順利達成印太戰略目標。[41]最重要的是，此概念意識到北京破壞穩定與施壓區域盟邦的行為，須及時作出強力回應，以免損及美國利益與區域夥伴的主權。[42]

　　如此明確地劍指中共的印太戰略，要確實發揮應有的效果，理應要與區域的盟邦與夥伴共同攜手，猶如在冷戰期間美國與歐洲及亞洲盟邦與夥伴齊心合作，甚至為了達成目的還「聯中制俄」，終於使得冷戰結束，前蘇聯也因此瓦解，不再對西方陣營構成威脅。只是受到「美國第一」口號的影響，使得戰略執行與構想存在明顯落差，明明是需要推動聯合的集體戰略以維護區域開放與穩定，川普政府卻經常把對付敵人的那一套拿來離間所需要的夥伴，效果如何不問可知。[43]換言之，美國也白白浪費4年的時間，可以在減緩中共崛起上展現成效。

　　共和黨籍的川普於2020年11月競選連任失利，由民主黨籍的拜登繼任總統。一般而言，美國保守派的共和黨比較反共，自由派的民主黨比較不反共。不過，現在反中似乎已是美國共和與民主兩黨的共識。誠如前述若非911事件，小布希會採取強硬的對中政策，否則何需說出如果中共攻打台灣，將竭盡所能防衛台灣。同樣地當美國反恐戰爭階段性目

41　Ibid.

42　Ibid.

43　Ibid.

標達成後，民主黨的歐巴馬總統立刻提出「亞太再平衡」戰略要來平衡中共。

這也是為何拜登總統未如一般預期，在上任後檢討對中高關稅的經貿戰，以及禁止科技產品零組件至中國大陸的科技戰政策。不僅如此，登拜政府的國務卿布林肯將對中關係定位為競爭、合作與敵對的關係（competitive, collaborative, adversarial）。[44]既然美國拜登政府將對中關係定位以競爭與敵對為主，合作為輔，因此採取相關的因應措施也就不奇怪。在經濟戰略上有「亞太經濟架構」，在安全戰略上則有美日印澳的「四方安全對話」與AUKUS。

根據美國白宮所公布的文件，「亞太經濟架構」旨在強化美國在關鍵地區的連結關係，以定義未來數十年的技術創新與全球經濟，也會為美國及亞太區域國家創造更強、更公平、更有韌性的經濟。[45]發起會員國除了美國外，還有澳洲、汶萊、印度、印尼、日本、南韓、馬來西亞、紐西蘭、菲律賓、新加坡、泰國和越南，國民生產毛額佔全球的40%。[46]文件也指出，美國是亞太地區的經濟強權，拓展美

[44] Antony J. Blinken, A Foreign Policy for the American People, US Department of State, March 3, 2021, https://www.state.gov/a-foreign-policy-for-the-american-people/. Retrieved on Sep. 7, 2022.

[45] Briefing Room, In Asia, President Biden and a Dozen Indo-Pacific Partners Launch the Indo-Pacific Economic Framework for Prosperity, *The White House,* May 23, 2022, https://www.whitehouse.gov/briefing-room/statements-releases/2022/05/23/fact-sheet-in-asia-president-biden-and-a-dozen-indo-pacific-partners-launch-the-indo-pacific-economic-framework-for-prosperity/. Retrieved on Sep. 7, 2022

[46] Ibid.

國在區域的經濟領導權，不僅對美國工人與企業有利，也對區域的人民有利。[47]真可謂是毫不掩飾要在亞太地區繼續扮演老大的角色，既然美國要當老大，區域內的另一經濟強權只能扮演老二，否則衝突難免。

白宮文件也指出，因為過去的經濟架構未注意脆弱供應鏈、避稅天堂的貪污問題等一連串的威脅，所以未來要專注在四方面的經濟發展，包括連結經濟，即在貿易上廣泛與夥伴在更廣領域的議題進行全面性地交往；韌性經濟，即尋求首創較好預期且能防止貪污的供應鍊承諾，以增加收入；乾淨經濟，即尋求首創清潔能源、減碳、促進有良好收入工作基礎建設的承諾；公平經濟，即尋求起動並強制有效用的稅制，反洗錢、反賄賂之政策的承諾，並搭配現存的多邊義務來促進公平經濟。[48]

除了乾淨經濟外，其餘三方面的經濟型態都涉及貪污問題，在31清廉印象指數（Corruption Perception Index）受評的亞太國家中，中共的排名是倒數第二，表現僅高於北韓。[49]這意味中共的貪污問題非常嚴重，美國倡議亞太經濟架構將焦點放在貪污問題，針對中共而來的目的，可謂是再明白也不過了。東亞各國為了能順利將產品輸往美國，即使對中共有經濟依賴，也必須加入這個不以簽署自由貿易為主

[47] Ibid.

[48] Ibid.

[49] 錢利忠，國際透明組織2021年全球清廉印象指數、台灣進步3名第25創紀錄，**自由時報**，2022年1月25日，https://news.ltn.com.tw/news/society/breakingnews/3812587。上網日期：2022年6月30日。

的經濟架構，畢竟美國是區域內的經濟強權。

在全安戰略方面，拜登上任不久就在2021年3月21日倡議進行美澳印日「四方安全對話」。在白宮公布的文件中顯示，「四方安全對話」有一共同願景，就是確保自由與開放的亞太地區，致力於自由、開放、包容、健康、以民主價值為根基，以及不被壓制所左右，並宣誓在確認當代威脅強化合作。[50]此外，四國也承諾要促進自由、以規則為基的開放秩序、根據國際法在亞太地區內外，增進安全與繁榮及反威脅，並且支持法治、海空域的自由航行、和平解決爭端、民主價值與領土完整。[51]

雖然「四方安全對話」未明確點出中共是該等國家的威脅，但是不斷強調民主價值，自由開放，在區域內只有北韓與中共不符合上述條件，針對中共的意圖可謂是不言可喻。實際上在2021年8月21日「四方安全對話」的資深官員會議中，就曾討論台灣海峽和平與安全的重要性。[52]台海和平與安全的最大威脅來源就是中共，既然提及該議題，顯然就難以避免討論中共對台動武時，四個國家要採取何種預防措施與因應作為。

---

[50] Briefing Room, Quad Leaders' Joint Statement: "The Spirit of the Quad", *The White House,* March 21, 2021, https://www.whitehouse.gov/briefing-room/statements-releases/2021/03/12/quad-leaders-joint-statement-the-spirit-of-the-quad/. Retrieved on Sep. 8, 2022

[51] Ibid.

[52] Office of the Spokesperson, U.S.-Australia-India-Japan Consultations (the "Quad") Senior Officials Meeting, The Department of State, Aug 12, 2021 https://www.state.gov/u-s-australia-india-japan-consultations-the-quad-senior-officials-meeting/. Retrieved on Sep. 8, 2022

2022年5月24日四國領袖再次舉行高峰會，發表聲明表示：「強力支持自由的原則、法治、民主價值、主權與領土完整、和平處理紛爭不訴諸武力威脅，任何單邊試圖改變現狀，以及海陸空領域的自由航行，對於亞太地區及世界的和平、穩定與繁榮都有關鍵作用」、「我們再次確認決心要擁護以規則為基礎的國際秩序，讓大部分國家得以免於任何形式的軍事、經濟與政治的壓制」。[53]在亞太地區最有可能讓他國受到軍事、經濟與政治壓制是那國，除了中共還有其他國家嗎？

　　拜登政府在安全戰略上除了組成「四方安全對話」外，就是創建了美國、英國與澳洲的軍事同盟AUKUS。根據美國白宮所公布的聲明指出，AUKUS將以長久以來的理想為指導，以及對以規則為基礎的國際秩序的共同承諾，決心要在亞太地區深化外交、安全與國防合作，包括與夥伴共同合作，以應付二十一世紀的挑戰。[54]雖然沒有將挑戰指明出來，但是明眼人都看得出來那就是來自於中共的挑戰。

　　AUKUS最具爭議的提議，莫過於協助澳洲皇家海軍取得核子動力潛艦。白宮文件顯示，透過三邊的努力將於18月內找到最理想的途徑讓澳洲有此能力。美國與英國將在本身建造潛艦的基礎，動員專家力量讓澳洲有能力在最短可達成

---

[53] Briefing Room, Quad Joint Leaders' Statement, *The White House,* May 24, 2022, https://www.whitehouse.gov/briefing-room/statements-releases/2022/05/24/quad-joint-leaders-statement/. Retrieved on Sep. 8, 2022.

[54] Briefing Room, Joint Leaders Statement on AUKUS, *The White House,* Sep 15, 2021, https://www.whitehouse.gov/briefing-room/statements-releases/2021/09/15/joint-leaders-statement-on-aukus/. Retrieved on Sep. 8, 2022.

的時間內讓核動力潛艦得以服役。[55]由於此一決定難免會引發國際社會對於核擴散的疑慮，為了消除疑慮，文件特別強調：澳洲已承諾會遵行安全、透明、驗證負責任措施的最高標準，以確保核材料與技術的不擴散、安全與保障，也會維持成為一個核武不擴散國家的承諾及落實義務，並與國際原能會合作。[56]

即使有這樣的說明，也無法釋疑。中共就把AUKUS協議描繪成「盎格魯撒克遜集團」，是對核不擴散體系的一種威脅，時任代理中共駐澳大使王晰寧並將澳洲比喻為頑皮的人，將之標誌為持刀者而非和平的捍衛者。[57]不僅是中共有此疑慮，澳洲的周邊國家馬來西亞與印尼，同樣擔心AUKUS協議會增加區域的軍備競賽，也導致核擴散議題發酵。[58]

儘管美國拜登政府自2021年底開始調整對中共的基調，表示競爭不必然導致衝突，也希望透過外交手段減少、管理，最終能嚇阻區域的潛在衝突，[59]不過拜登執政以來就將中共定位為隨時可能發生衝突的對手或競爭者，而非合作的

---

[55] Ibid.

[56] Ibid.

[57] Daniel Hurst, China's response to Aukus deal was 'irrational', Peter Dutton says, *The Guardian,* Dec12, 2021, https://www.theguardian.com/australia-news/2021/dec/12/chinas-response-to-aukus-deal-was-irrational-peter-dutton-says. Retrieved on Sep. 8, 2022.

[58] Ibid.

[59] Office of the Spokesperson, Secretary Blinken's Remarks on a Free and Open Indo-Pacific, The Department of State, Dec 13, 2021 https://www.state.gov/fact-sheet-secretary-blinkens-remarks-on-a-free-and-open-indo-pacific/. Retrieved on Sep. 8, 2022.

朋友，再加上不斷推動諸如亞太經濟架構、四方安全對話、AUKUS等圍堵中共的作為，雙方要不衝突也難。2022年9月19日拜登接受美國CBS電視台訪問被問到，美國軍隊會否防衛台灣，拜登的回答是：「是的，若發生前所未有的襲擊」。[60]這已經是拜登上任以來，第四次派美軍防衛台灣的發言，[61]跟共和黨小布希防衛台灣的發言如出一轍，而且更加清晰。

　　進入廿一世紀的四位美國總統，二位屬於共和黨籍、二位屬於民主黨籍，都不斷在經濟戰略及安全戰略上與盟邦合作，對中共採取圍堵的政策措施，這就說明反中是美國共和與民主兩黨的共識。這樣的共識未來要改變的機會也不大。主要是美國兩黨的政治人物，多少受到文明衝突與霸權競爭思維的影響。既然是共識，換黨執政在對中政策上還有差別嗎？川普在總統任內，對中實施高關稅的貿易戰及限制科技零組件出口至中國大陸的政策，不同黨的拜登上任也未改變上述政策，意味著未來美中關係的矛盾隨時可能演變為衝突，而台灣最可能成為引爆點。

第三節　美國民眾反中氣氛濃厚

　　如前所述反中是美國兩黨的共識，但是共識的背後就

---

[60] Frances Mao, Biden again says US would defend Taiwan if China attacks, **BBC,** Sep 19, 2022, https://www.bbc.com/news/world-asia-62951347. Retrieved on Sep. 30, 2022.

[61] Ibid.

是有美國民眾的選票支持，畢竟民主國家的政治人物不會拿選票開玩笑，因為沒選上，也就代表所有的政治利益化為烏有，所以勢必要根據選民的偏好來決定本身的政策取向。當然要引導輿論走向不是不可能，但是要冒非常大的風險，要做到並不容易。以下就針對美國民眾的對中態度來說明，為何反中會成為美國對中政策的主軸？

美皮尤研究中心是專門作世界各國民眾對中態度的研究機構，根據該機構2022年4月至6月所作的調查顯示，10個美國人中大約有8個認為中共不友善，儘管此種負面的觀感隨著時間的不同而有所變化，但是自2018年起卻有著持續上升的軌跡。[62]（請參見表2-3）2021年有82%美國人認為中共不友善，比前一年大約高出6%，幾乎是創下歷史新高。其中共和黨的民眾比民主黨的民眾以乎對中共更有負面的觀感。此外，表2-4也顯示，儘管歐洲有許多民眾認為他們國家與中共有良好的關係，但是卻有將近70%的美國民眾認為兩國的關係不佳。[63]

表2-5顯示，大部分的歐洲國家都認為，中共的人權政策與軍事力量、經濟競爭及步入本國事務的立場相較，是非常嚴重的議題。不過美國民眾卻認為中共涉入本國事物的立場更加嚴重，其次為軍事力量，人權政策與經濟競爭分居

[62] Laura Silver, Christine Huang, Laura Clancy, Negative Views of China Tied to Critical Views of Its Policies on Human Rights, *Pew Research Center,* June 29, 2022, https://www.pewresearch.org/global/2022/06/29/negative-views-of-china-tied-to-critical-views-of-its-policies-on-human-rights/. Retrieved on Sep. 10, 2022.

[63] Ibid.

表2-3：10個美國人中大約有8個認為中共不友善

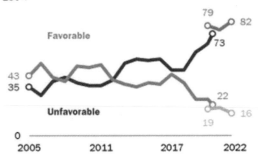

Roughly eight-in-ten Americans see China unfavorably

% of Americans who have a(n) ___ view of China

Note: In spring 2020, the Center ran concurrent phone (dark blue and dark green in chart) and online panel (light blue and light green in chart) surveys in the U.S. In summer 2020 and prior to 2020, U.S. surveys were conducted over the phone.
Source: Spring 2022 Global Attitudes Survey. Q5b.
"Negative Views of China Tied to Critical Views of its Policies on Human Rights"

PEW RESEARCH CENTER

資料來源：Laura Silver, Christine Huang, Laura Clancy, Negative Views of China Tied to Critical Views of Its Policies on Human Rights, *Pew Research Center,* June 29, 2022.

三、四位。美國民眾關於中共涉入本國事務立場及軍事力量的關注度，高於大部分歐洲國家，應該與美國與中共之間處於霸權競爭的狀態中有關。

　　當然美國民眾不是一直都認為中共是不友善的，從表

表2-4：在歐洲大部分民眾表示他們國家與中共關係良好

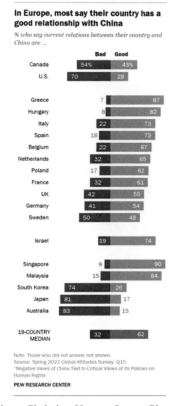

In Europe, most say their country has a good relationship with China
% who say current relations between their country and China are ...

	Bad	Good
Canada	54%	43%
U.S.	70	28
Greece	7	87
Hungary	8	82
Italy	22	73
Spain	18	73
Belgium	22	67
Netherlands	32	65
Poland	17	62
France	32	61
UK	42	55
Germany	41	54
Sweden	50	48
Israel	19	74
Singapore	9	90
Malaysia	15	84
South Korea	74	26
Japan	81	17
Australia	83	15
19-COUNTRY MEDIAN	32	62

Note: Those who did not answer not shown.
Source: Spring 2022 Global Attitudes Survey. Q15.
"Negative Views of China Tied to Critical Views of Its Policies on Human Rights."

PEW RESEARCH CENTER

資料來源：Laura Silver, Christine Huang, Laura Clancy, Negative Views of China Tied to Critical Views of Its Policies on Human Rights, *Pew Research Center,* June 29, 2022.

2-3可看出自2005至2012年，美國民眾認為中共友善的態度，都是高於不友善的。然而自2012年開始，認為中共友善及不友善的態度，就出現了死亡交叉，從此美國民眾認為中共不友善的態度，就再也回不去了。如前所述，民主國家的

表2-5：中共的人權政策通常被視為比其他議題嚴重

China's policies on human rights are described as a very serious problem more often than other issues

*% who say each issue is a **very serious** problem for their country*

● Most common response

	China's policies on human rights	China's military power	Economic competition with China	China's involvement in politics in their own country
Canada	● 56	40	26	34
U.S.	42	43	35	● 47
Netherlands	● 64	46	30	27
Sweden	● 59	34	17	31
UK	● 58	37	21	22
Spain	● 55	47	36	24
Germany	● 54	44	31	22
Belgium	● 54	36	31	20
France	● 52	33	36	27
Italy	● 47	38	33	25
Greece	● 40	31	36	31
Poland	● 34	31	20	15
Hungary	21	● 25	10	14
Israel	10	14	● 16	● 16
Australia	49	● 57	30	52
South Korea	42	46	37	● 54
Japan	41	● 60	38	34
Malaysia	25	● 31	28	26
Singapore	18	24	20	● 25

Source: Spring 2022 Global Attitudes Survey. Q17a-d.
"Negative Views of China Tied to Critical Views of Its Policies on Human Rights"

PEW RESEARCH CENTER

資料來源：Laura Silver, Christine Huang, Laura Clancy, Negative Views of China Tied to Critical Views of Its Policies on Human Rights, *Pew Research Center,* June 29, 2022.

政府首長與民意代表都是民眾用選票選出來的，當美國民眾認為中共不友善的比例如此之高，政治人物不想要付出落選的代價，自然就會採取反中的政策，因為有選票。

　　舉例而言，美國三屆眾議員、美國前副總統錢尼的女兒，也被視為是前途看好的共和黨指標性人物麗茲・錢尼（Liz Cheney），在該黨懷俄明州的初選中被名不見經傳的新

人擊敗，只因為後者有前美國總統川普的背書。[64]川粉不喜歡麗茲‧錢尼的原因，是因為她是共和黨唯二的國會議員，參與國會調查川普是否試圖奪權的委員會。[65]此種行為看在川普支持者－川粉的眼中無異是背叛，當然不能再支持她。

不僅是麗茲‧錢尼有此待遇，在2021年1月川粉攻擊國會大廈後，所有10位投票彈劾川普的共和黨國會議員，在報復式的焦土選戰被當成目標鎖定。除了4位退休外，有4位在懷俄明州、華盛頓州、密西根州、南卡羅來納州的初選中被擊敗，只有2位在初選中勝出得以代表共和黨競選連任；麗茲‧錢尼是10位中的最後1位來面臨川粉的攻擊。[66]

儘管麗茲‧錢尼在初選落敗後對支持者發表演說時表示，她的政治生涯的新頁才剛開始，我們的工作距離結束還很遠。[67]不過，在川粉支持者眾多的州，要以非共和黨身分參選的難度甚大。這也說明在民眾反中氛圍濃厚的美國，政治人物若要提出與反中立場不同的主張，要繼續從政的難度很高。就如同當初投票彈劾川普的國會議員一般，要留在政壇繼續奮鬥的難度不小。若非已決定要退休，那4位共和黨籍的國會議員是否會投票支持彈劾川普，都還很難說。

由此可知，不論是從文明衝突與霸權競爭，「反中」已成為美國民主與共和兩黨的對中政策共識的角度，或從美國

[64] John Sudworth, Liz Cheney: Trump arch-enemy ousted in Wyoming election, *BBC News,* Aug 17, 2022, https://www.bbc.com/news/world-us-canada-62569056. Retrieved on Sep. 10, 2022.

[65] Ibid.

[66] Ibid.

[67] Ibid.

民眾反中的氛圍濃厚面向觀察，美中未來發生衝突的可能性高。由於1979年制訂的「台灣關係法」係美國的國內法，揭示美有協助台灣自我防衛的義務，這也是美國持續對台軍售的基礎；任何企圖以非和平方式（包括杯葛或禁運）解決台灣未來的作為，均會威脅太平洋的和平與安全，美國將嚴重關切。[68]因此合理的推斷，台海很可能就是美中的衝突點。君不見自美國眾議員議長裴洛西訪台後，就有不斷的美國國會議員組團來台訪問，長此以往，豈能不觸動中共意識到台美反中合流的敏感神經，要不有所動作，恐怕也很難對內交待，衝突可謂是一觸即發！

---

[68] 美國在台協會，《台灣關係法》，1979年1月1日，http://www.ait.org.tw/zh/taiwan-relations-act.html。上網日期：2022年9月10日。

第三章
中共將兩岸統一擺上議事日程

　　中共總書記兼國家主席、軍委主席習近平，自從2012年
接班後的十年任期內，提出諸如「一帶一路」、「兩個百年
目標」、「中華民族偉大復興的中國夢」等偉大計畫。每項
計畫都隱含著要讓中華民族擺脫過去曾經歷的歷史羞辱，若
是兩岸不能統一，無異是無法去除中日甲午戰爭落敗、割讓
台灣的污名。因此，兩岸能否統一，將決定中國夢能否實現的
關鍵因素，所以與前幾任領導人對台政策以「反法理台獨」為
主不同，習近平的對台政策是將兩岸統一擺上議事日期。

第一節　兩岸統一是習近平中國夢的核心

　　2017年習近平在「中共十九大」報告中提出兩個百年目
標：「到建黨一百年時建成經濟更加發展、民主更加健全、科
教更加進步、文化更加繁榮、社會更加和諧、人民生活更加
殷實的小康社會，然後再奮鬥三十年，到新中國成立一百年
時，基本實現現代化，把我國建成社會主義現代化國家」。[1]

---

[1]　習近平，決勝全面建成小康社會、奪取新時代中國特色社會主義偉大勝利——
　　在中國共產黨第十九次全國代表大會上的報告，新華網，2017年10月27，

對於習近平而言，中共所謂的「中國特色社會主義」現已進入新時代，這也意味著「近代以來久經磨難的中華民族迎來了從站起來、富起來到強起來的偉大飛躍，迎來了實現中華民族偉大復興的光明前景」。[2]

　　言下之意，是中共第一代領導人毛澤東讓中華民族站起來，第二代領導人鄧小平讓中華民族富起來，而是他這位第五代領導人讓中華民族強起來。刻意忽略第三代領導人江澤民、第四代領導人胡錦濤曾經執政的歷史，無非是為了將其與毛澤東與鄧小平的歷史地位相提並論，以利為其長期執政的合理性作準備。若能在兩岸統一上有新的建樹，其歷史地位甚至有可能超越毛和鄧，因此又豈能不在兩岸統一上多所著墨呢？

　　「中共十九大」報告中關於台灣議題，習近平聲稱：「解決臺灣問題、實現祖國完全統一，是全體中華兒女共同願望，是中華民族根本利益所在」、「堅決維護國家主權和領土完整，絕不容忍國家分裂的歷史悲劇重演」、「絕不允許任何人、任何組織、任何政黨、在任何時候、以任何形式、把任何一塊中國領土從中國分裂出去！」[3]既強調兩岸統一是「中華民族的根本利益所在」，亦不斷強調「絕不」，意在展現習近平等第五代領導集體推進兩岸統一的意志，也在提醒外界不要小看其有「堅定的意志、充分的信

---

http://www.xinhuanet.com/politics/19cpcnc/2017-10/27/c_1121867529.htm。上網日期：2022年9月13日。

2　Ibid.

3　Ibid.

心、足夠的能力挫敗任何形式的「台獨」分裂圖謀」。[4]

2019年在中共前人大委員長葉劍英發表「告台灣同胞書」的40週年，習近平再次發表對台重要談話。在該篇談話中，習近平更是將台灣與中華民族的命運緊緊地連結在一起。習近平聲稱：「海峽兩岸分隔已屆70年。臺灣問題的產生和演變同近代以來中華民族命運休戚相關。1840年鴉片戰爭之後，西方列強入侵，中國陷入內憂外患、山河破碎的悲慘境地，臺灣更是被外族侵佔長達半個世紀。為戰勝外來侵略、爭取民族解放、實現國家統一，中華兒女前仆後繼，進行了可歌可泣的鬥爭。」[5]

由此可知，若是兩岸不能統一，中華民族偉大復興將顯得空洞無比，這也可解釋為何習近平會指出：「回顧歷史，是為了啟迪今天、昭示明天。祖國必須統一，也必然統一。這是70載兩岸關係發展歷程的歷史定論，也是新時代中華民族偉大復興的必然要求。」[6]換言之，若是這個「歷史定論」、「必然要求」無法達成，不就意味著中華民族偉大復興將與事實不符。

習近平更指出：「中國夢是兩岸同胞共同的夢，民族復興、國家強盛，兩岸中國人才能過上富足美好的生活。在中華民族走向偉大復興的進程中，臺灣同胞定然不會缺席。兩

---

[4]　Ibid.

[5]　習近平，在《告台灣同胞書》發表40周年紀念會上的講話，人民網，2019年1月2日，http://cpc.people.com.cn/BIG5/n1/2019/0102/c64094-30499664.html，上網日期：2022年8月10日。

[6]　Ibid.

岸同胞要攜手同心，共圓中國夢，共擔民族復興的責任，共享民族復興的榮耀」。[7]這樣的說法聽在大部分台灣人的耳裡，肯定認同的不算太多，畢竟根據政治大學選舉研究中心歷屆所做的民調，認同自己是中國人或同時是台灣人與中國人的只佔了33.9%，幾乎只是認同自己是台灣人63.7%的一半（如表3-1），試問要如何「共擔民族復興的責任，共享民族復興的榮耀」？

表3-1

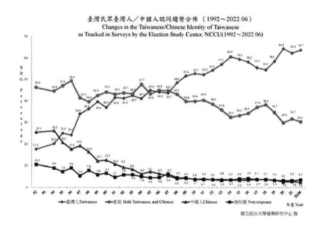

為了落實兩岸統一，習近平特別提出前所未見「探索『兩制』臺灣方案，豐富和平統一實踐」的說法。對習近平而言，「『一國兩制』的提出，本來就是為了照顧臺灣現實情況，維護臺灣同胞利益福祉。『一國兩制』在臺灣的具

---

7   Ibid.

體實現形式會充分考慮臺灣現實情況，會充分吸收兩岸各界意見和建議，會充分照顧到臺灣同胞利益和感情。…和平統一後，臺灣同胞的社會制度和生活方式等將得到充分尊重，臺灣同胞的私人財產、宗教信仰、合法權益將得到充分保障。」[8]

然而「一國兩制」不論是多麼會「充分照顧到臺灣同胞利益和感情」，此一方案本身就易在台灣被連結到香港的現況，而香港就是沒有民主與自由的社會，對於已習慣於民主自由的台灣民眾而言，是難以接受的。因此當習近平提出「一國兩制台灣方案」後，總統兼民進黨主席蔡英文立即予以駁斥，並表示「我們始終未接受『九二共識』，根本原因就是北京當局所定義的『九二共識』，其實就是『一個中國、一國兩制』」。[9]將「九二共識」巧妙地等同於「一國兩制」，在社群網站上掀起大規模轉發串連，使得甫因2018地方選舉失利而深陷低潮的蔡政府，藉由接連的反擊言論重獲肯定，被支持者形容為「撿到槍」。[10]

隨後在2019年6月香港掀起民主抗爭浪潮，台灣社會力挺香港之餘，加深反中情緒，不僅使蔡政府得以完成「國安五法」及《反滲透法》立法，也成為蔡政府爭取連任之路的助力。[11]最終蔡政府於2020年以817萬的選民支持獲得連

[8] Ibid.

[9] 仇佩芬，「一國兩制台灣方案」反激勵綠營選情、習五條發表1周年低調，上報，2020年1月3日，https://www.upmedia.mg/news_info.php?Type=1&SerialNo=78788。上網日期：2022年9月10日。

[10] Ibid.

[11] Ibid.

任，也使兩岸關係繼續停留在低盪的狀態。當然台灣內部情勢的發展，不會影響習近平持續以本身的步調來推動統一。

在中共建黨百年的時刻，以習近平為首的集體領導，提出「中共中央關於黨的百年奮鬥重大成就和歷史經驗的決議」，也就是繼毛澤東、鄧小平之後，所提出的第三份歷史決議文，具有承先啟後的作用，自然不能等閒視之。在台灣問題的部分，提出：「解決臺灣問題、實現祖國完全統一，是黨矢志不渝的歷史任務，是全體中華兒女的共同願望，是實現中華民族偉大復興的必然要求。」[12]再次強調兩岸統一是必然要求，充分展現其對於兩岸統一的堅定意志。

決議文另外表示要「秉持『兩岸一家親』理念，推動兩岸關係和平發展，出臺一系列惠及廣大臺胞的政策，加強兩岸經濟文化交流合作。二〇一六年以來，臺灣當局加緊進行『台獨』分裂活動，致使兩岸關係和平發展勢頭受到嚴重衝擊。我們堅持一個中國原則和『九二共識』，堅決反對『台獨』分裂行徑，堅決反對外部勢力干涉，牢牢把握兩岸關係主導權和主動權。祖國完全統一的時和勢始終在我們這一邊」。[13]

很明顯中共已經認定自2016年以來執政的民進黨政府，是在「加緊進行台獨分裂活動」，然而民進黨政府卻認為：「中共當局才是破壞台海現狀、威脅區域穩定與世界和平的最大夢魘。奉勸中共當局，不要再一直睜眼說瞎話、作賊喊

---

[12] Ibid.

[13] Ibid.

抓賊，謊話說一百遍，本質仍是謊話。」[14]即使民進黨政府認為是在維持現狀，雙方在維持現狀的議題上可謂是各說各話。一方認定對方是在進行台獨分裂活動、在破壞現狀：另一方認定對方才是破壞現狀的元兇，雙方要對話都不容易，又如何能進行統一談判呢？

不過對於習近平而言，台灣怎麼認定不是那麼重要，因為他宣稱要「牢牢把握兩岸關係主導權和主動權，祖國完全統一的時和勢始終在我們這一邊」。換言之，中共會按照自己的步調來推進兩岸統一，若非如此，豈能把握兩岸關係主導權和主動權，並認定時與勢站在他們那一邊呢？除非中共改變思維，否則台灣未來所面臨來自於中共的促統壓力將愈來愈大，要不有所回應可能都有困難。

第二節　和統不成只能武統

正當第四次台海危機結束，外界對於台海隨時可能面臨兵凶戰危之際，中共國新辦、國台辦在2022年8月聯合公佈了對台白皮書「台灣問題與新時代中國統一事業」。這是繼中共在1993年8月、2000年2月分別發表了「台灣問題與中國的統一」、「一個中國的原則與台灣問題」白皮書後[15]，對台政策的第三份白皮書。「台灣問題與新時代中國統一

---

[14] 民進黨新聞中心，中共當局才是破壞台海現狀、威脅區域穩定與世界和平的最大夢魘，民進黨，2022年4月27日，https://www.dpp.org.tw/media/contents/9508。上網日期：2022年9月14日。

[15] 國台辦、國新辦，台灣問題與新時代中國統一事業。

事業」白皮書的主要基調，仍然是「堅持『和平統一、一國兩制』基本方針」、「努力推動兩岸關係和平發展、融合發展」，並「願繼續以最大誠意、盡最大努力爭取和平統一」。[16]這說明即使中共在第四次台海危機中聲稱已經完成既定軍演目標，也不意味著中共將立即採取軍事壓制手段逼迫台灣就範。三份白皮書的次標題比較如表3-2。

表3-2：中共三份對台政策白皮書之比較

台灣問題與中國的統一	一個中國的原則與台灣問題	台灣問題與新時代中國統一事業
台灣是中國不可分割的一部分	一個中國的事實和法理基礎	台灣是中國的一部分不容置疑也不容改變
台灣問題的由來	一個中國原則是實現和平統一的基礎和前提	中國共產黨堅定不移推進祖國完全統一
中國政府解決台灣問題的基本方針	中國政府堅決捍衛一個中國原則	祖國完全統一進程不可阻擋
台灣海峽兩岸關係的發展及其阻力	兩岸關係中涉及一個中國原則的若干問題	在新時代新征程上推進祖國統一
國際事務中涉及台灣的幾個問題	在國際社會中堅持一個中國原則的若干問題	實現祖國和平統一的光明前景

資料來源：作者製表

　　只要稍加比較上述三份對台白皮書，就可看出前二份白皮書的重點在「反獨」，包括探討台灣問題之由來或捍衛「一個中國原則」。第三份對台白皮書顯然是將內容重點放在「促統」，僅在第一部分稍微介紹一下「台灣是中國的一部分」，其餘四個部分的內容都在強調「統一」，並且極有

---

[16]　Ibid.

信心或吹哨壯膽地表示，「實現祖國和平統一」有光明的前景。

　　儘管中共仍然希望以和平方式達到統一目標，但是在第三份白皮書也指出：「不承諾放棄使用武力，保留採取一切必要措施的選項，針對的是外部勢力干涉和極少數『台獨』分裂分子及其分裂活動，絕非針對台灣同胞，非和平方式將是不得已情況下做出的最後選擇。如果『台獨』分裂勢力或外部干涉勢力挑釁逼迫，甚至突破紅線，我們將不得不採取斷然措施。始終堅持做好以非和平方式及其他必要措施應對外部勢力干涉和『台獨』重大事變的充分準備，目的是從根本上維護祖國和平統一的前景、推進祖國和平統一的進程」。[17]

　　上述說法很明顯已展現「和統」不成就必須做好「武統」之準備的意志，台灣作為可能的受害著，不能不有所因應準備。或許對外界而言，既然是和平統一又不放棄武力，不是矛盾嗎？但是對於長於辯證法的中共而言，這完全沒有矛盾，因為正與反是可以合在一起的。若要瞭解中共的決策思維，自然要從他們經常將兩個看似矛盾的概念，結合在一起的思維。所以要推進和平統一就不能放棄武力，畢竟和平統一不成就必須靠武力，來達成統一的目標。

　　當然中共也認定：「美國一些勢力圖謀『以台制華』，處心積慮打『台灣牌』，刺激『台獨』分裂勢力冒險挑釁，

---

[17] Ibid.

不僅嚴重危害台海和平穩定，妨礙中國政府爭取和平統一的努力，也嚴重影響中美關系健康穩定發展。如果任其發展下去，必將導致台海形勢緊張持續升級，給中美關係造成顛覆性的巨大風險。」[18]換言之，在中共不論是要和平統一或武力統一，都要排除美國因素的干擾。值得注意的是，中共認為不能讓台海情勢「任其發展下去」，因為繼續發展下去的結果，將面臨「緊張持續升級」，也導致美中關係「顛覆性的巨大風險」發生，所以必須及時加以處理。

　　尤其是中共人大常委會於2005年3月所通過的「反分裂國家法」，提出採取非和平方式達成統一的三項要件為：「台獨分裂勢力以任何名義、任何方式造成臺灣從中國分裂出去的事實，或者發生將會導致臺灣從中國分裂出去的重大事變，或者和平統一的可能性完全喪失」。第一條件的「事實」認定當然比較容易，當台灣以修憲或公投手段達成「法理獨立」，就可被視為跨越紅線。至於第二條件「重大事變」，就有比較大的解釋空間，畢竟何謂重大？什麼樣的事變？其實定義沒有那麼清楚，也讓中共有許多解釋空間！

　　至於第三條件的「可能性完全喪失」，就更充滿了解釋的空間。判斷「可能性完全喪失」的標準為何？台灣若未進行法理台獨的修憲修法舉措，但是也未與中共展開統一談判，此種狀態再持續一段不短的時間，會否也會被中共解讀為和平統一的「可能性完全喪失」。既然白皮書對於「和平

---

[18]　Ibid.

統一」感到有光明的前景，照理說應該沒有「可能性完全喪失」的問題，然而未承諾放棄武力，代表台海發生兵戎相見的可能性仍大有機會發生。尤其是習近平表示「台灣問題不能一代一代拖下去」。不想拖，又不能和統，試問除了武統還有什麼其他選項嗎？

中共「二十大」的中央軍委會人事佈局，已高齡72歲的軍委副主席留任，據悉就是因為他有親身參與中共打越戰的經歷，此種少數具有實戰經歷的將領留任軍委副主席，當然有為武統作預備的味道。曾駐紮在福建地區的東部戰區司令員何衛東，能夠升任軍委副主任，同樣是因為熟悉台海戰事的關係，據悉觸發第四次台海危機的中共環台軍演就是由其主導與策劃。[19]凡此都說明中共正在為和統不成就必須採取非和平手段，預作規劃。

中共官媒新華社2022年10月26日發佈新修改《中國共產黨章程》全文，首次把「堅決反對和遏製台獨」寫入。[20]華東師大兩岸交流與區域發展研究所所長仇長根對此表示：

[19] 李怡靜，中共20大/習近平連任中共中央軍委主席「福建派」何衛東、苗華受矚目，**Yahoo新聞**，2022年10月23日，https://tw.news.yahoo.com/news/%E4%B8%AD%E5%85%B120%E5%A4%A7-%E7%BF%92%E8%BF%91%E5%B9%B3%E9%80%A3%E4%BB%BB%E4%B8%AD%E5%85%B1%E4%B8%AD%E5%A4%AE%E8%BB%8D%E5%A7%94%E4%B8%BB%E5%B8%AD-%E7%A6%8F%E5%BB%BA%E6%B4%BE-%E4%BD%95%E8%A1%9B%E6%9D%B1-%E8%8B%97%E8%8F%AF%E5%8F%97%E7%9F%9A%E7%9B%AE-072511550.html。上網日期：2022年10月25日。

[20] 任以芳，「反台獨」首次寫入中共黨章、仇長根：顯示兩岸更加嚴峻危險，**ETtoday新聞雲**，2022年10月27日，https://www.ettoday.net/news/20221027/2366983.htm。上網日期：2022年10月30日。

「『反台獨』首次寫入黨章針對性非常強，也貫徹『二十大』涉台兩大基調，反對外部勢力干涉以及台獨分裂勢力，前者是針對美國，後者是遏制民進黨。」、「『反台獨』寫黨章也顯示兩岸關係惡化。台灣政黨輪替後拒絕承認「九二共識」，台灣問題如今夾雜美國勢力干涉，兩岸政治對話如果持續冰冷，毫無善意沒有化解，不是一件好事。」[21]兩岸關係惡化與不是好事，恐怕就是指兩岸距離武統的時間愈來愈近。

第三節　宣傳統一後的台灣福利

習近平在中共十九大報告中曾指出：「兩岸同胞是命運與共的骨肉兄弟，是血濃於水的一家人。我們秉持『兩岸一家親』理念，尊重臺灣現有的社會制度和臺灣同胞生活方式，願意率先同臺灣同胞分享大陸發展的機遇。我們將擴大兩岸經濟文化交流合作，實現互利互惠，逐步為臺灣同胞在大陸學習、創業、就業、生活提供與大陸同胞同等的待遇，增進臺灣同胞福祉。我們將推動兩岸同胞共同弘揚中華文化，促進心靈契合。」[22]

在中共重要的文件中，不斷地提及「分享」、「互利互惠」、「同等」、「共同」，甚至連「心靈契合」，有兩層

---

[21]　Ibid.

[22]　習近平，決勝全面建成小康社會、奪取新時代中國特色社會主義偉大勝利─在中國共產黨第十九次全國代表大會上的報告。

意義。第一層意義是在強調和平統一後的好處，第二層的意義是希望透過軟的一手來增加台灣民眾對中共的好感度，進而對於兩岸統一不排斥，創造兩岸展開統一談判的環境，使得中共可以不必採取硬的一手-即使用武力，就能達成兩岸統一的目標，這當然就是最理想的狀況。因此，近期以來，中共官員不斷在強調統一後台灣民眾可獲得的好處。

習近平在宣誓和平統一的「告台灣同胞書」40周年談話中，明白表示「『一國兩制』在台灣的具體實現形式會充分考慮台灣現實情況，會充分吸收兩岸各界意見和建議，會充分照顧到台灣同胞利益和感情。在確保國家主權、安全、發展利益的前提下，和平統一後，台灣同胞的社會制度和生活方式等將得到充分尊重，台灣同胞的私人財產、宗教信仰、合法權益將得到充分保障。」

「考慮台灣現實情況」意味著一國兩制的台灣方案，會是與香港的「一國兩制」有所不同，至於如何不同，就要參考「兩岸各界意見和建議」，也「會充分照顧到台灣同胞利益和感情」。或許對中共而言，這是項具有善意的提議，只是對於台灣民眾而言，要接受「一國兩制」統一方案的本身，難度就非常高。畢竟一提到「一國兩制」就很難不與缺乏民主自由之香港的「一國兩制」作連結，一旦有此連結，接受度就不高。

台灣大陸委員會2019年10月24日公布例行民調結果顯示，有89.3%的民眾不贊成中共「一國兩制」主張，在中共提出「習五條」（「告台灣同胞書」40周年談話）後，民眾

反對「一國兩制」的情形更自2019年1月的75.4%，上升了13.9%。另民意認為中共當局對我政府與民眾不友善態度，已分別升高至69.4%、54.6%，並達到近年來的新高。[23]台灣民眾反對「一國兩制」的比例如此之高，說明中共所謂「充分尊重台灣同胞的社會制度和生活方式」等，顯然未能得到台灣民眾的青睞，否則數字豈會如此慘不忍睹！

儘管如此，為了宣揚統一後的好處。習近平也進一步指出：「和平統一之後，台灣將永保太平，民眾將安居樂業。有強大祖國做依靠，台灣同胞的民生福祉會更好，發展空間會更大，在國際上腰桿會更硬、底氣會更足，更加安全、更有尊嚴。」[24]習近平等中共對台事務官員不斷透過各種場合，對外界宣傳統一之後的好處，顯然與前幾任領導人執政期間，僅強調「和平統一、一國兩制」的內涵，有明顯的差異。

中共國台辦副主任劉軍川2021年10月29日在第四屆「國家統一與民族復興」研討會上表示：「統一後，台灣的和平安寧將得到充分保障，台灣同胞的生活方式、私人財產、宗教信仰、合法權益不受侵犯；統一後台灣的經濟發展將得到充分增進，以大陸市場為廣闊腹地，發展空間更大，經濟競爭力更強，產業鏈、供應鏈更加穩定通暢，創新活力在共同市場內充分湧流；台灣同胞的民生福祉將得到充分提

---

[23] 陸委會新聞處，臺灣主流民意拒絕中共「一國兩制」的比率持續上升，更反對中共對我軍事外交打壓，陸委會，2019年10月24日，https://www.mac.gov.tw/News_Content.aspx?n=B383123AEADAEE52&sms=2B7F1AE4AC63A181&s=530F158C22CC9D7C。上網日期：2022年9月20日。

[24] 習近平，在《告台灣同胞書》發表40周年紀念會上的講話。

升，兩岸交流往來更加便捷，台灣同胞特別是廣大青年來大陸發展的天地更加廣闊，『台灣的財政收入盡可用於改善民生』」。[25]台灣媒體就以「台灣的財政收入可用於改善民生」作為報導標題，可見此種論述已吸引台媒注意，也達到宣傳效果。

中共國台辦主任劉結一於2022年1月2日發表新年賀詞時表示：「統一後，台灣有強大的祖國做依靠，將真正永保太平，經濟更加發展，文化更加繁榮，社會更加和諧，民生更加改善，在國際上更加安全、更有尊嚴。所有擁護祖國統一的台灣同胞將在台灣真正當家做主」。[26]再次提到民生更加改善，言下之意是一旦兩岸統一，台灣無需投入太多資源在整軍備戰方面，民生豈有不改善之理，尤其是已經「永保太平」了，大部分的軍費開支即可投入民生建設，更加改善就不是難事。

然而這樣的說法，對台灣的陸委會而言是不具任何吸引力的。陸委會針對劉結一新年賀詞表示：「對岸應在『和平、對等、民主、對話』下推進兩岸互動，更應尊重台灣堅持民主憲政體制、堅持兩岸互不隸屬、堅持主權不容侵犯併吞、堅持未來前途由台灣人民決定，這『四個堅持』的共同認知是台灣主流民意，更是台灣堅定不移的底線。」不過對

---

[25] 林則宏，國台辦副主任：統一後台灣財政收入盡可用於改善民生，**聯合報**，2021年10月30日，https://udn.com/news/story/7331/5854167。上網日期：2022年9月20日。

[26] 陳君碩，劉結一新年談話勾勒統一後前景，**旺報**，2022年1月3日，https://www.chinatimes.com/newspapers/20220103000047-260303?chdtv。上網日期：2022年9月20日。

於陸委會的反應，中共似乎不以為意，仍然按照其既定的步驟，依循「寄希望於台灣人民」的方針。[27]

劉軍川2022年6月9日在第二屆「攜手圓夢—兩岸同胞交流活動」總結時表示：「統一後，所有擁護祖國統一的台灣同胞將在台灣真正當家做主，台灣將永保太平，經濟更加發展，文化更加繁榮，社會更加和諧，民生更加改善，在國際上更加安全、更有尊嚴。」[28]劉軍川的談話等於將劉結一半年前曾經說過的話再重複一遍，中共國台辦不厭其煩地一次次重申統一後台灣可能得到好處，無非是具體落實「寄希望台灣人民」政策方針的表現。

關於「台灣發展空間將更為廣闊」的好處，中共第三份對台白皮書指出：「統一後，兩岸經濟合作機制、制度更加完善，台灣經濟將以大陸市場為廣闊腹地，發展空間更大，競爭力更強，產業鏈供應鏈更加穩定通暢，創新活力更加生機勃勃。長期困擾台灣經濟發展和民生改善的眾多難題，可以在兩岸融合發展、應通盡通中得到解決。台灣財政收入盡可用於改善民生，多為老百姓做實事、辦好事、解難事。台灣的文化創造力將得到充分發揚，兩岸同胞共同傳承中華文化、弘揚民族精神，台灣地域文化在中華文化根脈的滋養中更加枝繁葉茂、煥發光彩。」[29]「台灣財政收入盡可用於改

---

[27] 「寄希望於台灣人民」的方針，請參見習近平，在《告台灣同胞書》發表40周年紀念會上的講話。

[28] 羅印沖，國台辦副主任再提「統一後……」，**聯合報**，2022年6月9日，https://udn.com/news/story/7331/6374191。上網日期：2022年9月20日。

[29] 國台辦、國新辦，台灣問題與新時代中國統一事業。

善民生」在對台政策官員幾次的講話中都有提及，「多為老百姓做實事、辦好事、解難事」，是過去未曾提過的，顯然是想深化「寄希望於台灣人民」的政策方針。

至於「台灣同胞切身利益將得到充分保障」的好處，第三份對台白皮書表示：「在確保國家主權、安全、發展利益的前提下，台灣可以作為特別行政區實行高度自治。台灣同胞的社會制度和生活方式等將得到充分尊重，台灣同胞的私人財產、宗教信仰、合法權益將得到充分保障。所有擁護祖國統一、民族復興的台灣同胞將在台灣真正當家作主，參與祖國建設，盡享發展紅利。有強大祖國做依靠，台灣同胞在國際上腰桿會更硬、底氣會更足，更加安全、更有尊嚴。」[30]其中「台灣同胞的社會制度和生活方式等將得到充分尊重，台灣同胞的私人財產、宗教信仰、合法權益將得到充分保障、台灣同胞將在台灣真正當家作主」，也多見諸國台辦官員歷次的談話內容，不斷強調就是為了讓台灣民眾放心。

有關「兩岸同胞共享民族復興的偉大榮光」的好處，第三份對台白皮書聲稱：「統一後，兩岸同胞可以彌合因長期沒有統一而造成的隔閡，增進一家人的同胞親情，更加緊密地團結起來；可以發揮各自優勢，實現互利互補，攜手共謀發展；可以共同促進中華民族的繁榮昌盛，讓中華民族以更加昂揚的姿態屹立于世界民族之林。統一後，中國的國

---

30 Ibid.

際影響力、感召力、塑造力將進一步增強，中華民族的自尊心、自信心、自豪感將進一步提升。台灣同胞將同大陸同胞一道，共享一個偉大國家的尊嚴和榮耀，以做堂堂正正的中國人而驕傲和自豪。兩岸同胞共同探索實施『兩制』台灣方案，共同發展完善『一國兩制』制度體系，確保台灣長治久安。」[31]然而在台灣認同如此強烈的情況下，要台灣民眾共享民族復興的偉大榮光的難度甚高。

白皮書提到；「統一後，有關國家可以繼續同台灣發展經濟、文化關系。經中國中央政府批準，外國可以在台灣設立領事機構或其他官方、半官方機構，國際組織和機構可以在台灣設立辦事機構，有關國際公約可以在台灣適用，有關國際會議可以在台灣舉辦。」[32]這部分說法對於台灣想要拓展國際生存空間而言，或許有些許吸引力，然而若要「中國中央政府批準」，恐怕就讓台灣民界難以接受，因為這與現有的台灣政治現狀差距太遠。

中共中台辦兼國台辦發言人馬曉光，2022年9月21日在中共中央宣傳部就黨的十八大以來對台工作和兩岸關係發展情況舉行發佈會上，針對一國兩制台灣方案也進行了闡述，指出：「兩岸統一後，臺灣可以實行不同於祖國大陸的社會制度。臺灣同胞可以在和平安寧的狀態下生活和工作。祖國大陸將更有條件、更好地照顧臺灣同胞。在確保國家主權、安全、發展利益的前提下，臺灣同胞的社會制度和生活方

---

[31]　Ibid.

[32]　Ibid.

式等將得到充分尊重，臺灣同胞的私人財產、宗教信仰、合法權益將得到充分保障。所有擁護祖國統一、民族復興的臺灣同胞將在臺灣真正當家作主，參與祖國建設，盡享發展紅利。」[33]這段談話，基本上是將白皮書「台灣同胞切身利益將得到充分保障」的好處，再重申一次。

關於兩岸統一後的經濟合作，馬曉光也在發佈會上進行說明，聲稱：「兩岸統一後，兩岸經濟合作機制化、制度化更加完善，以大陸市場為廣闊腹地，臺灣經濟發展空間更大，競爭力更強，產業鏈供應鏈更加穩定通暢，創新活力更加生機勃勃。長期困擾臺灣發展和民生改善的眾多難題，可以在兩岸融合發展、應通盡通中得到解決。臺灣財政收入盡可用於改善民生，多為老百姓做實事、辦好事、解難事。」[34]同樣地，本段談話也已出現在白皮書「台灣發展空間將更為廣闊」的部分內容。

涉及台灣文化創造力，以及台胞的發展空間等，馬曉光也在發佈會上有所解釋，說明：「兩岸統一後，臺灣的文化創造力將得到充分發揚，兩岸同胞共同傳承中華文化、弘揚民族精神，交流互鑒、化育後人，臺灣地域文化在中華文化根脈的滋養中更加枝繁葉茂、煥發光彩。兩岸統一後，臺灣同胞發展空間將更大，在國際上腰杆會更硬、底氣會更足，

---

33 馬曉光，中共中央宣傳部就黨的十八大以來對台工作和兩岸關係發展情況舉行發佈會，**中國網**，2022年9月21日，http://www.china.com.cn/zhibo/content_78426770.htm。上網日期：2022年9月21日。

34 Ibid.

更加安全、更有尊嚴，共享中華民族偉大復興的榮耀」。[35]
本段談話同時見諸於白皮書之「台灣發展空間將更為廣闊」、「兩岸同胞共享民族復興的偉大榮光」的內容。

　　由此可知，不論是從比較三份對台白皮書的內容，或從自習近平本身及其以下的中共對台事務官員的談話觀察，都可發現中共已把擺上議事日期，未來台灣所面臨的促統壓力將愈來愈大。過去未曾有一段時間內。出現中共官員如此頻繁地在宣傳「統一後」的現象，若是沒有急迫感，試問有必要如此密集地鼓吹統一後的好處嗎？尤其是提及不能「一代一代地拖下去」，以及不能「任其發展下去」，不就意味著要處理嗎？而2025-2027正是中共要處理統一問題的最有利的時間點，畢竟中共而言，歷史上再有沒有其他時候比現在更適合來推動兩岸統一。

---

[35] Ibid.

第四章
台灣抗拒兩岸統一態勢日益強烈

正當中共對於兩岸統一的急迫感愈來愈強烈，因為不想「一代一代拖下去」，也不想任由美國打台灣牌的情勢繼續發展下去，以免最終必須面臨美中攤牌的局面，偏偏台灣民眾對於統一的意願愈來愈薄弱。一方要統一，另一方卻不想統一，甚至想獨立，雙方要不兵戎相見也難。台灣抗拒統一態勢日益強烈的有以下幾項原因。

第一節　抗中保台在台灣仍有政治市場

曾幾何時「抗中保台」成為台灣的流行用語，尤其是到了選舉的時刻更是如此。在2020年總統大選的前一年的8月，包括台灣獨立建國聯盟、基進黨、社民黨等多個本土政黨公開宣示「抗中保台、挺蔡英文連任」，並呼籲民眾應將立委選票投給承諾「抗中保台」的本土政黨。[1]社民黨、台北市大安區擬參選人范雲表示；「2020不能成為台灣最後一

---

[1] 政治中心，本土社團集結「抗中保台」！力挺蔡英文2020連任，三立新聞，2019年8月14日，https://www.setn.com/News.aspx?NewsID=585917。上網日期：2022年9月22日。

次選舉，一定要選出『抗中保台』的總統，而蔡英文是本土政黨唯一選擇，但也不能只有蔡英文連任，『抗中保台』的國會也要過半，台灣的民主才能確保。[2]

實際上在2018年底台灣縣市長選舉的時候，在中央執政的民進黨大敗，不僅在六都之中只取得桃園與台南兩都，在其餘的16個縣市中也只守住基隆市、新竹市、嘉義縣、屏東縣4席縣市長，連向來被視為民進黨票倉高雄市長都未能繼續執政，選舉結果之淒慘，恐怕超越各界的想像。[3]兼任民進黨主席的總統蔡英文於選舉結果揭曉當晚召開記者會發表談話，宣布即刻請辭民進黨主席一職，對地方選舉的結果負起完全的責任；針對行政院長賴清德向蔡總統口頭請辭，蔡英文則表示，已請賴揆繼續留下來打拚，以確保各項重大政策持續地推動。[4]

因為前一年地方縣市長選舉民進黨大敗，所以影響民進黨2020年是否推舉蔡英文總統競選連任，成為一個棘手問題。以台灣總統選舉「贏者全拿」的選舉制度，只要落選就無法掌握任何行政資源，勝選後即使在立法院未取得過半席次，也不妨害總統根據中華民國憲法來進行價值分配，鮮少會受到在野黨的掣肘。所以民進黨若想要繼續執政，換人選總統成為一個選項，前行政院長賴清德因此跳出來參加初選，就是此背景下的產物。

---

[2]　Ibid.

[3]　編輯部，圖表看縣市長選舉結果，**中央社**，2018年11月26日，https://www.cna.com.tw/news/firstnews/201811265007.aspx。上網日期：2022年9月22日。

[4]　民進黨大敗　蔡英文請辭黨主席

儘管蔡英文有執政資源，但是賴清德因為在坊間民調都較高，所以堅持要走完初選程序，而非依民進黨的慣例由現任總統角逐連任，民進黨中央被迫延後初選時程；外界普遍解讀，蔡英文當時的民調較低，黨中央想要多爭取時間讓民意回溫。[5]延期初選採手機、市話民調各半，由5間民調單位執行，最後以5單位民調成績平均計算，並由蔡英文與賴清德分別與前高雄市長韓國瑜、台北市長柯文哲，進行「三方對比民調」，果不其然，延期初選民調的結果，蔡英文以35.6768%比賴清德27.4843%，約8.2%差距勝出。[6]

　　國民黨總統初選結果則在2019年7月15日揭曉，前高雄市長韓國瑜確定勝出，獲44.805%支持度，大贏前鴻海董事長郭台銘的27.73%，第三名是前新北市長朱立倫17.9%，第四名為前台北縣長周錫瑋6.02%，第五名係孫文學校總校長張亞中3.544%，所以韓就代表國民黨角逐2020總統大選。[7]表4-1可以明顯看出，儘管韓國瑜7月才獲得正式提名，但是自4月開始媒體就已經開始將之與蔡英文來進行支持度的比較。

[5] 鄭仲嵐，台灣藍綠兩黨總統初選僵局的因果與走向，**BBC**，2019年4月29日，https://www.bbc.com/zhongwen/trad/chinese-news-48096930。上網日期：2022年9月22日。

[6] 楊淳卉，民進黨總統初選民調結果公佈蔡英文贏8.2%勝出，**自由時報**，2019年6月13日，https://news.ltn.com.tw/news/politics/breakingnews/2820756。上網日期：2022年9月22日。

[7] 邱珮昀等，壓倒性勝出！國民黨總統初選　韓國瑜總支持度44.805%，**中國時報**，2019年7月15日，https://www.chinatimes.com/realtimenews/20190715000834-260407?chdtv。上網日期：2022年9月23日。

表4-1：2020台灣總統大選蔡英文、韓國瑜支持度的趨勢圖[8]

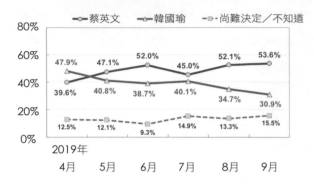

資料來源：台灣民意基金會

圖4-1：香港民陣發起與《逃犯條例》相關的遊行集會人數[9]

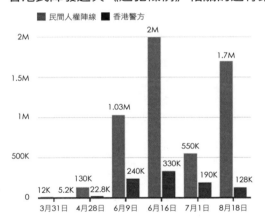

8　謝莉慧，為何蔡英文民調贏韓國瑜高達23%？游盈隆進一步提出四點分析，**Newtalk新聞**，2019年9月24日，https://newtalk.tw/news/view/2019-09-24/302658。上網日期：2022年9月22日。

9　林祖偉，香港反送中100天：如何從遊行變成暴力衝突？，**BBC**，2019年9月16日，https://www.bbc.com/zhongwen/trad/extra/Fy2CQzQkHZ/hong-kong-protests-100-days-on。上網日期：2022年9月22日。

台灣民意基金會是長期從事選舉民調的機構，其民調結果在台灣有一定的公信力。原本在2019年4月韓國瑜的支持度民調還多出蔡英文達8.3%，然而自5月份開始反轉，韓國瑜的支持度倒輸蔡英文達6.3%，6月份雙方的差距達13.3%。這樣的支持度變化趨勢，與香港反送中運動的抗議人數多寡有負相關。（香港反送中人數多寡如圖4-1）

　　從圖4-1明顯可以看出，根據香港民陣發起反送中遊行集會人數，4月28日有3萬人上街，剛好與5月韓國瑜支持率開始落後蔡英文的時間點相沕合，6月份香港有兩波大規模遊行集會人數，也正是韓國瑜落後於蔡英文的支持率擴大的時候。7月韓蔡雙方支持度民調拉近，也與香港反送中的遊行集會人數稍微減少的情勢看似有連動關係。8、9月份韓蔡雙方支持度民調進一步拉開，也可能與香港發生另一波大規模「反抗中」遊行集會有關。

　　蔡英文在回應習近平告台灣同胞書40周年的談話表示：「必須要鄭重指出，我們始終未接受『九二共識』，根本原因就是北京當局所定義的『九二共識』，其實就是『一個中國』、『一國兩制』。今天對岸領導人的談話，證實了我們的疑慮。在這裡，我要重申，台灣絕不會接受『一國兩制』，絕大多數台灣民意也堅決反對『一國兩制』，而這也是『台灣共識』」。[10]以總統之尊將「九二共識」等同於

---

[10]　蔡英文，回應習近平對台原則中英文談話全文，**中央社**，2019年1月2日，https://www.cna.com.tw/news/firstnews/201901025004.aspx。上網日期：2022年9月24日。

「一國兩制」，當然對於年輕選民有吸引力，因為他們擔心會在未來遭受到與香港青年同等的待遇。

「今日香港，明日台灣」原是2014年4月台灣「太陽花學運」流傳的主要訴求和口號，後來成為表達港台命運共同體意識的標語。這樣的口號在選舉宣傳期間非常熱門，蔡英文的競選宣傳片中運用香港青年人上街抗議示威視頻片段。[11]蔡英文在2019年12月電視辯論中引述香港年輕人的來信來強調港台的聯繫：「她說很擔心『台灣的下一代』，等20年後他們長大了，卻要讓他們走上街頭，經歷一樣的事情。這些結局，我們沒辦法為你們再示範一次」。[12]

蔡英文以超過817萬票在台灣2020年總統選舉中成功連任，創台灣總統選舉史上最高得票數，一般分析認為「香港牌」是蔡英文獲勝的成功因素之一。[13]由此可知，蔡英文在2018年底的縣市長選舉聲望創新低，並在隔年的總統初選中遭遇來自賴清德的挑戰，若非受到民眾擔心「今日香港，明日台灣」真實上演，以及民進黨不斷地打「抗中保台」牌奏效，蔡英文又豈能從谷底翻身進而連任成功。同樣的情況也發生在2021年底的四大公投案的投票結果上。

「促進會」委託「遠見民意研究調查」執行〈2021年台灣社會信任調查〉，調查時間為2021年10月19日至10月29日，

---

[11] 編輯部，蔡英文成功連任：「今日台灣　明日香港」？，BBC，2021年1月14日，https://www.bbc.com/zhongwen/trad/chinese-news-51088200。上網日期：2022年9月24日。

[12] Ibid.

[13] Ibid.

表4-2：民眾對四項公投案態度

四項公投案		同意	不同意	不投票/投廢票	不知道/未決定
反萊豬進口	全體	71.0%	22.5%	0.1%	6.3%
	泛綠	51.9%	43.9%	--	4.2%
	泛藍	95.4%	3.6%	--	1.0%
	中立無反應	74.7%	13.8%	0.3%	11.2%
公投綁大選	全體	49.7%	41.0%	0.7%	8.5%
	泛綠	46.9%	47.7%	--	5.4%
	泛藍	56.4%	39.9%	--	3.7%
	中立無反應	48.6%	35.6%	1.8%	14.0%
重啟核四	全體	48.1%	40.3%	0.4%	11.3%
	泛綠	28.0%	65.0%	--	7.0%
	泛藍	78.3%	15.4%	--	6.2%
	中立無反應	49.2%	31.9%	0.9%	18.0%
珍愛藻礁	全體	45.2%	28.3%	0.3%	26.2%
	泛綠	39.7%	36.9%	0.3%	23.1%
	泛藍	58.9%	22.7%	--	18.4%
	中立無反應	42.5%	23.7%	0.5%	33.2%

[14]

遠見民意研究調查執行

並在2021年12月15日正式對外公布結果。民調結果顯示（如表4-2），同意的民眾均多過不同意，四大公投案可望通過！這結果對於已全面展開四大公投說明會的民進黨而言，不是個好消息。[15]當時雙方開跑均已有一段時間，然而那時根據最新民調的揭露，民進黨恐怕距離勝出還有一段不小的距離，因此調查機構得出四大公投均通過機率高的結論。[16]

正當民調機構認為四大公投將全數通過之際，民進黨開始打「抗中保台」牌。民進黨公布「台灣未來，我們決定」的公投催票影片，呼籲：「台灣隊友12月18日再次站出，做

---

[14] 馮紹恩，年底「四大公投」藍綠大車拚！最新民調揭露「這一黨」慘了？，遠見雜誌，2021年11月15日，https://www.gvm.com.tw/article/84219。上網日期：2022年9月24日。

[15] Ibid.

[16] Ibid.

出關鍵決定，台灣才被世界看見，我們會投下四個不同意，台灣的未來當然由我們來決定」。[17]在野的時代力量黨主席陳椒華呼籲民眾不要變成抗中保台或賣台的操弄對象；民眾黨立委蔡壁如也批執政黨不要只會用這招恐嚇百姓；國民黨文傳會主委凌濤也請大家踴躍投下同意票，不能再被民進黨的「抗中保台神主牌」打敗。[18]

表4-3

[19]

同意與不同意縣市分布

		17 重啟核四	18 反萊豬	19 公投綁大選	20 三接遷離
同意票得票率最高 ○	1	金門縣 85.79%	金門縣 88.02%	金門縣 86.63%	金門縣 87.31%
	2	連江縣 85.16%	連江縣 86.94%	連江縣 86.60%	連江縣 87.07%
	3	花蓮縣 68.45%	花蓮縣 69.95%	花蓮縣 69.73%	花蓮縣 69.57%
不同意票得票率最高 ✕	1	台南市 64.13%	台南市 62.79%	台南市 62.53%	台南市 63.27%
	2	嘉義縣 62.85%	嘉義縣 61.38%	嘉義縣 61.89%	嘉義縣 62.32%
	3	宜蘭縣 62.82%	屏東縣 59.72%	屏東縣 60.04%	高雄市 59.97%

註：同意票／不同意票與有效票的比率

	17 重啟核四	18 反萊豬	19 公投綁大選	20 三接遷離		17 重啟核四	18 反萊豬	19 公投綁大選	20 三接遷離
台北市	○	○	○	○	彰化縣	✕	✕	✕	✕
新北市	✕	○	○	○	雲林縣	✕	✕	✕	✕
桃園市	✕	○	○	○	嘉義縣	✕	✕	✕	✕
台中市	✕	✕	○	✕	嘉義市	✕	✕	✕	✕
台南市	✕	✕	✕	✕	屏東縣	✕	✕	✕	✕
高雄市	✕	✕	✕	✕	宜蘭縣	✕	✕	✕	✕
基隆市	○	○	○	○	花蓮縣	○	○	○	○
新竹縣	○	○	○	○	台東縣	○	○	○	○
新竹市	○	○	○	○	澎湖縣	○	○	○	○
苗栗縣	○	○	○	○	金門縣	○	○	○	○
南投縣	○	○	○	○	連江縣	○	○	○	○

資料來源：中選會

CNA 中央通訊社

---

17 林縉明、趙婉淳，公投喊台灣隊　綠操弄抗中保台挨批，**中國時報**，2021年12月12日，https://www.chinatimes.com/newspapers/20211212000336-260118?chdtv。上網日期：2022年9月24日。

18 Ibid.

19 陳俊華，公投開票4案全遭否決、不同意均破400萬、投票率41%，**中央社**，2021年12月18日，https://www.cna.com.tw/news/firstnews/202112185022.aspx。上網日期：2022年9月24日。

表4-3顯示，儘管有12個縣市四案同意多過不同意、8縣市四案不同意多過同意，不過因為這是史上首次公投未綁大選，投票率僅41%，除都未過25%門檻，且不同意票多於同意票，因此四項公投案全數遭到否決。[20]原本在野黨希望「抗中保台神主牌」不會發生作用，但是最後結果「抗中保台」牌仍然有效。連攸關民眾健康的反萊豬進口案，都未能達到通過的門檻，且讓同意票多於不同意票，更是令外界匪夷所思。既然「抗中保台」牌如此無往不利，試問往後任何選舉中民進黨會不使用嗎？

雖然坊間有兩份民調顯示，民眾對於蔡英文處理兩岸關係不滿意，分別創下2019年、2020年以來的新高，因此有論著提問民眾對一個標榜「抗中保台」政府，保衛台灣的能力也不太有信心，難道看穿政府的抗中保台是空話一句？[21]不過蔡英文與民進黨政府的支持度不是沒有創新低過，尤其是2018年簡直可以說是跌倒谷底，但是依然能在2020年從谷底再攀高峰，總統選舉順利連任成功。

參選2022年台北市長的民進黨參選人陳時中，日前接受媒體訪問時表示，當台北市長一定需要「抗中保台」，因為「抗中保台」是種態度，領導者必須表現態度，以堅定人民的意識，進而讓國際看到台灣人的意識，台灣自然就得到保護；能夠保護台灣的並不是只有軍人，是全民的意識，而政

20　Ibid.
21　吳典蓉，「抗中保台」真的失效了？，**風傳媒**，2022年9月22日，https://www.storm.mg/article/4530084。上網日期：2022年9月24日。

治人物必須帶領。[22]由此可見，「抗中保台」牌尚未失效，如果失效了，陳時中還有需要如此高調地談論「抗中保台」的態度與意識嗎？這當然也不意味著「抗中保台」牌永久有效，端賴於選民是否否能繼續容忍一個執政成績不佳，卻屢次只想靠打「抗中保台」牌贏得選舉的政府？

當然若台灣民眾持續擔心台灣會變成「一國兩制」的香港，不僅選舉權會被剝奪，甚至原有的生活方式都會改變，若是領導人不斷透過媒體，放送諸如「九二共識等於一國兩制」等有關兩岸關係不正確的訊息，「抗中保台」牌要失效就不容易，如此也就難免會使台灣繼續陷在安全的險境當中。

誠如前副總統連戰表示：「『九二共識』與『一國兩制』是兩回事，『一國兩制』是大陸對統一後模式的主張，『九二共識』是兩岸分治下對等互動、和平交流的政治基礎，因此，認同『九二共識』不等於接受『一國兩制；民進黨先是否定『一中各表』，後把『九二共識』歪曲成『一國兩制』，都是沒有誠意遵循憲法的表現，造成兩岸升高對抗，不利台灣的安全與繁榮。」[23]換言之，除非「抗中保台」的主張在台灣失去市場，否則以目前態勢發展，兩岸要避開升高對抗、兵戎相見、勢將愈來愈難。

---

22 張柏源，陳時中：當台北市長一定要抗中保台、領導者必須以態度堅定人民意識，**Newtalk新聞**，2022年9月14日，https://newtalk.tw/news/view/2022-09-14/816433。上網日期：2022年9月24日。

23 羅暐智，「認同九二共識不等於接受一國兩制！」連戰：升高兩岸對抗不利台灣安全，**風傳媒**，2020年6月22日，https://www.storm.mg/article/2787329。上網日期：2022年9月25日。

第二節　香港國安法加深台灣拒統氣氛

　　台灣獨立建國聯盟2019年8月14日舉行記者會，聯盟主席陳南天表示：「香港『反送中』事件再度提醒我們，『一國兩制』是謊言，台灣必須團結一致，且需要一個抵抗中國大陸的總統，本土政權不能失去。前駐日代表羅福全也指出：「2020年選舉將決定台灣被中國併吞的危機是否能夠解除，如何「抗中保台」，是此次選舉最重要的挑戰。」[24]由此可知，香港「反送中」事件，讓台灣的本土社團找到台灣應該獨立、抗拒統一的有利理由。

　　若香港「反送中」事件是台灣拒統的重要理由，中共人大常委會在「反送中」一年後通過《中華人民共和國香港特別行政區國家安全維護法》（簡稱《港區國安法》），[25]無疑是讓台灣抗拒統一的組織與個人撿到槍，使其更有理由抗拒統一、走向獨立。畢竟《港區國安法》可說是讓香港「一國兩制」、「港人治港」名存實亡。[26]原本台灣人對於「一國兩制」就存在惡感，《港區國安法》實施後無異是使「一國兩制」在台灣更沒有市場。

---

[24] 政治中心，本土社團集結「抗中保台」！力挺蔡英文2020連任。

[25] 中共人大常委會，《港區國安法》，2020年6月30日，**2020年第136號法律公告**，https://www.isd.gov.hk/nationalsecurity/chi/law.html。上網日期：2022年9月25日。

[26] 李雪莉、楊智強，中國人大將直接立香港《國安法》、一國兩制形同告終，**報導者**，2022年5月22日，https://www.twreporter.org/a/hong-kong-national-security-law-npc-draft。

《港區國安法》第一條開宗明義律定：「為堅定不移並全面準確貫徹『一國兩制』、『港人治港』、『高度自治』的方針，維護國家安全，防範、制止和懲治與香港特別行政區有關的分裂國家、顛覆國家政權、組織實施恐怖活動和勾結外國或者境外勢力危害國家安全等犯罪，保持香港特別行政區的繁榮和穩定，保障香港特別行政區居民的合法權益，根據中華人民共和國憲法、中華人民共和國香港特別行政區基本法和全國人民代表大會關於建立健全香港特別行政區維護國家安全的法律制度和執行機制的決定，制定本法。」[27]

　　雖然《港區國安法》強調準確貫徹「一國兩制」、「港人治港」、「高度自治」的方針，但是《港區國安法》之立法跳過香港立法會而由人大常委會直接立法，洽洽違反而非貫徹「一國兩制」、「港人治港」、「高度自治」的方針。這是除了《香港基本法》立法以外，絕無僅有的立法程序。由此可解讀，中共為了防止香港「反送中」遊行集會演變為暴力事件重演，以免影響社會安定，而採取的強而有力的防堵措施。偏偏這樣的作法，無異是大大地限縮了香港作為自由港的自由空間。

　　其中第三章第一至四節的分裂國家罪、顛覆國家政權罪、恐怖活動罪、勾結外國或者境外勢力危害國家安全罪，除了恐怖活動罪比較有客觀的標準外，分裂國家、顛覆國家政權罪、勾結外國或者境外勢力危害國家安全罪，很容易就

---

[27] 中共人大常委會，《港區國安法》。

成為羅織入罪的藉口。這將使得過去在港英時代，雖然沒有民主卻有充分自由的時代一去不復返。也正因為香港「一國兩制」的地位與自治空間，隨著《港區國安法》立法而緊縮，所以美國才會取消香港特殊貿易地位的待遇。

美國前總統川普在中共人大常委會通過《港區國安法》不久，即宣佈簽署《香港自治法》，取消美國給予香港貿易上的特殊地位。同時他在記者會上指出，香港市民的自由和權利已經被剝奪，因此在貿易上不會再把中國大陸和香港區分開來，並形容美國在未來看待香港的時候「將與中國大陸沒有分別」。[28]美國過去給予香港特殊地位，容許向香港出口一些敏感或軍民兩用技術，香港向美國出口的貨品也不會受早前美中貿易戰加徵關稅的影響。[29]

由此可知，《港區國安法》的通過及施行，確實對香港的「一國兩制」空間造成影響，否則美國豈會取消香港貿易上的特殊地位，不論中共如何在法案中強調貫徹「一國兩制」、「港人治港」、「高度自治」的方針，都無法扭轉香港「一國兩制」已今非昔比，距離「一國一制」愈來愈近的事實。儘管香港投資推廣署署長傅仲森（Stephen Phillips）2022年3月表示，外資並未因為港區國安法而撤離香港，[30]

---

[28] 編輯部，美國終止香港「特別待遇」外界反應不一，**BBC**，2020年7月16日 https://www.bbc.com/zhongwen/trad/chinese-news-53415820。上網日期：2022年9月25日。

[29] Ibid.

[30] 張謙，國安法上路後、官員：外資未因此撤離香港，**中央社**，2022年3月25日，https://www.cna.com.tw/news/acn/202203250073.aspx。上網日期：2022年9月26日。

但是美國商會在2021年5月所作的調查顯示，有枱面下有逐漸升高的緊張情勢與揮之不去的恐懼，此種不安都是來自於《港區國安法》，也認為此乃對香港的金融角色構成威脅。[31]

此外，許多香港的國際公司被迫重新思考在香港的未來，特別是中共壓制公民自由及媒體自由與科技公司之後，而且有變本加厲的趨勢。[32]有些公司已經宣佈要離開，如媒體公司Initium就重新落腳在新加坡；在香港的歐洲商會主席Frederick Gollob也表示，許多公司即使沒有將全部家當重新配置，也已經開始在新加坡設立辦公室。[33]他也指出，過去香港被視為是安全的天堂，因為英國所留下的法律體系可以提供足堪信賴的商業運作法治，但是因為對法律體系的可靠性存疑，再加上鎮壓活動，使他們重新評估在香港的存留。

根據官方統計資料顯示，自《港區國安法》生效後，2020年就有9萬名香港人選擇永遠出走，佔739萬香港市民的1.2%，跟過去十年的人口穩定成長，可謂是大異其趣。[34]若非對於所謂的「一國兩制」、「港人治港」、「高度自治」

[31] Editor, National Security Law Seen Threatening Hong Kong's Financial Role, *VOA,* August 22, 2021, https://www.voanews.com/a/east-asia-pacific_voa-news-china_national-security-law-seen-threatening-hong-kongs-financial-role/6209847.html. Retrieved on Sep 25, 2022.

[32] Martin Farrer, Hong Kong: international companies reconsider future in wake of security law, *The Guardian,* 7 Sep 2021 https://www.theguardian.com/world/2021/sep/07/hong-kong-international-companies-reconsider-future-in-wake-of-security-law. Retrieved on Sep 25, 2022.

[33] Ibid.

[34] Ibid.

的方針沒信心，又豈會有那麼多香港人選擇離鄉背井。有道是「人不親土親」，若非迫於無奈，華人通常是願意留在自己的家鄉打拼，只有為了更好的生活，才會選擇遠擇他鄉，半年多的時間有9萬名香港人踏上離鄉的不歸路，顯然是對香港的未來失望至極。

　　由於中共對台港都是以「一國兩制」來對待，難免會讓台灣民眾有「今日香港、明日台灣」的疑慮，不支持中共在香港的緊縮措施乃再自然也不過之事。2020年6月4日陸委會公布民調，有82.0%的台灣民眾反對中共制定「港版國安法」，侵害香港民主自由及司法獨立，破壞香港「一國兩制」；70.8%的台灣民眾認同總統提出支持香港人民，在既有基礎上完善人道援助工作，提供香港人民必要協助[35]；中央研究院社會所「中國效應研究小組」公布，於2020年4月21日至5月28日進行電話民調，結果顯示台灣有高達67.1%的民眾支持香港「反送中」運動，只有32.9%不支持。[36]

　　有論者指出上述數字顯示，台灣民意也反對《港區國安法》，深恐該法未來將適用於「兩制台灣方案」；台灣民意正「走上一條遠離中國的路徑」，就此而論，中共強推《港

---

[35] 大陸委員會新聞稿，民意高度肯定總統就職演說兩岸政策立場，反對中共施加強制性主張及威嚇負面作為，大陸委員會，2020年6月4日 https://ws.mac.gov.tw/001/Upload/295/relfile/7681/5917/51b37c63-711a-489b-a355-37970c6cd0b5.pdf。上網日期：2022年9月26日。

[36] 中國效應研究小組，「撐香港就是撐台灣」具廣泛民意支持，**中央研究院社會學所**，2020年6月2日，https://www.ios.sinica.edu.tw/msgNo/20200602-1?fbclid=IwAR2mHGDiaMvu7W8eBYATEBdDLfgdiF1VUbD8jSGQ6a3raal6foXdf4IWKb4。上網日期：2022年9月26日。

區國安法》，恐使台灣民眾「反中」情緒更為高亢。[37]圖4-1可看出，愈年輕的台灣民眾愈支持「反送中」，當然也就會愈反對《港區國安法》。而這些年輕人未來不僅會影響整體的投票取向，甚至會主導台海政策走向，未來兩岸頻繁爭鋒相對，應在預期之內。換言之，《港區國安法》的公佈與實施，使兩岸走向和解之路的難度愈來愈高。

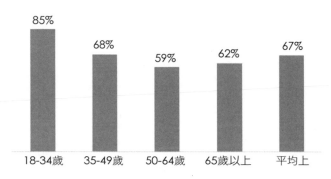

圖4-2：不同年輕層對反送中運動支持度

資料來源：中研院社會所中國效應調查，2020年5月

第三節　台灣認同與訪中被統戰心結使反統成主流[38]

　　如表3-1所述，台灣人的認同近年來在台灣屢創新高，這對於「兩岸統一」當然不利。因為台灣人的認同愈高，

37　柳金財，《港區國安法》通過後美日等國如何回應？台灣人又如何看待？，關鍵評論，2020年7月10日，https://www.thenewslens.com/article/137496/fullpage。上網日期：2022年9月26日。

38　本節部分內容，已見於《兩岸終究難免一戰》一書第二章第一節、第二節、「台灣地區民眾的國家認同」論文，因撰寫本書予以部分收錄與改寫。

對於成立有別於傳統中國人的國家之意願就愈趨強烈，不論名稱是台灣或中華民國。當然這對於台灣在國際空間被打壓的反應也就更強烈，畢竟認同所涉及的民族主義（nationalism）有建構與想像共同體的成份，[39]愈被壓制，此種透過建構與想像來區分「我者」與「他者」所累積起來的民族主義意識也就愈濃厚。

有關台灣民族的形成，學者之間有二個不同的意見。其中一派的主張認為，1895年台灣被割讓給日本時的時間點，就已形成「台灣民族主義」，然後受1947年的「228事件」以及國民黨高壓統治而影響，更加強這股民族主義；[40]然而另一派卻認為1895年「台灣認同」就已確立，不是等到「228事件」之後才確立，主張「台灣認同」是在「228事件」後才產生的人，是對歷史認識不充分。[41]兩派之所以產

---

[39] 安德森（Benedict R. O'Gorman Anderson）將民族定義為想像的共同體（imagined communities），請參見班納迪克·安德森（Benedict R. O'Gorman Anderson），吳叡人譯，《想像的共同體：民族主義的起源與散布》，台北：時報出版社，1999年；蓋納（Ernest Gellner）則主張民族是被創造出來的，因此他認為是先有民族主義再有民族的形成，請參見Ernest Gellner, *Nations and Nationalism*, (Ithaca: Cornell University Press), 1983, pp.6-7.與Ernest Gellner, *Nationalism,* (New York: New York University Press), 1997, p.viii.（請參考Gellner之子Daid N.Gellner之序）、霍布斯本（E.J. Hobsbawn）則表示，國家與民族主義創造出民族，請參見，E.J. Hobsbawa, *Nations and Nationalism Since 1780:Programme, Myth, Reality*, 2nd ed. (Cambridge: Cambridge University Press, 1992), pp.9-10.

[40] 施正鋒，台灣民族主義的意義，施正鋒編，**台灣民族主義**，台北：前衛出版社，1994年，頁8；陳少廷，台灣近代國家思想之形成，施正鋒編，**台灣民族主義**，台北：前衛出版社，1994年，頁240-246。

[41] 施敏輝，台灣向前走－再論島內「台灣意識」的論戰、施敏輝編，**台灣意識論戰選集**，台北：前衛出版社，1989年，頁27-30；孫大川，一個新的族群空間的建構－台灣泛原住民亦是的形成與發展，游盈隆編，**民主鞏固與崩潰：台灣21世紀的挑戰**，台北：月旦出版社，1997年，頁157-158。

生爭議的關鍵，應是「台灣認同」是否相對地獨立於中華（中國）民族主義之外而言，「台灣人認同」雖已在日據時代產生，而「228事件」使台灣人告別中國人，台灣要離開中國。[42]

　　不論台灣民族形成的兩派爭議為何，在「228事件」之後，台灣人要告別中國人卻已經成為現實，而且在每次的選舉中都扮演重要的角色。即使「228事件」發生前台灣人曾對「祖國」抱有夢想[43]，台灣人對台灣「光復」，也就是期待能回歸祖國（中國）一事是不能否認的[44]，尤其是以「恭候」態度面對手持鐵棍、磚瓦，以及從南洋群島帶著三八式步槍之國民政府軍隊的到來[45]；在日據時期，台灣政治家只是提倡要在日本政權下擴大台灣人自治的政治訴求[46]，是將台灣想像為祖國的延伸[47]，如今這一切都隨著「228事件」而化為烏有。

[42] 黃昭堂，〈戰後台灣獨立運動與台灣民族主義的發展〉，施正鋒編，《台灣民族主義》，台北：前衛出版社，1994年，頁200-201；許極燉，苦悶的民族，許極燉編，尋找台灣新地標：從苦悶的歷史建構現代視野，台北：自立晚報文化出版社，1994年，頁27-30。

[43] 施敏輝認為，到「228事件」為止台灣人確實對「祖國」抱有夢想，但該期待並不擁有實質基礎。請參考施敏輝，〈台灣向前走－再論島內「台灣意識」的論戰〉，施敏輝編，《台灣意識論戰選集》，台北：前衛出版社，1989年，頁27-30。

[44] 張茂桂，省籍問題與民族主義，張茂桂等著，族群關係與國家認同，台北：業強出版社，1993年，頁240。

[45] 徐宗懋，務實的台灣人，台北：天下文化出版社，1995年，頁84；吳乃德，省籍意識、政治支持與國家認同，張茂桂等著，族群關係與國家認同，台北：業強出版社，1993年，頁30-31。

[46] 彭明敏文教基金會編，彭明敏看台灣，台北：遠流出版社，1994年，頁87-88。

[47] 張茂桂，省籍問題與民族主義，頁265。

連橫在其所著『台灣通史』的序言中表示，全篇的主旨為「台灣通史起自隋代、終於割讓」[48]，另在「獨立紀」章節，說明了有關台灣人知道台灣被割讓給日本時的反應「台民唯有自主，推擁賢者、權攝台政。事平之後，當再請命中國，作何辦理」[49]。據此可說明當時的「台灣認同」與「中國認同」不是無法相容的關係。不過，與此相反的是，史明批評『台灣通史』是基於中國人的立場與觀點所寫成的[50]，他主張台灣經過反殖民鬥爭的400年歷史，已經形成具備了經濟、社會、心理的單一特殊性社會。住在台灣的人民，藉由這樣的歷史發展與變革，已建構完成了一個「台灣民族」[51]。

史明的歷史觀以及因此而形塑之「台灣民族」的想像，普遍被台灣的政治菁英所接受。其中表現最明確的時期，就是1994年底的台灣省長選舉。當時民進黨進行了「台灣受外來者統治了400年，400年首次有『台灣人的手選出台灣人』」政治動員[52]。然後李登輝在1994年接受日本作家司馬遼太郎的專訪時明確表示，「到今日為止，掌握台灣權力的全部是外來政權」[53]。另外，陳水扁總統在就任中華民國第

[48] 連橫，台灣通史，台北：文海出版社，1980年，頁16。
[49] 連橫，台灣通史，頁94。
[50] 史明，台灣人四百年史（中文版），台北：蓬島文化公司，1980年，頁4。
[51] 史明，台灣不是中國的一部份：台灣社會發展四百年史，台北：前衛出版社，1992年，頁22。
[52] 張茂桂，〈談「身份認同政治」的幾個問題〉，游盈隆編，民主鞏固或崩潰：台灣21世紀的挑戰，台北：月旦出版社，1997年，101頁。
[53] 李登輝，經營大台灣，台北：遠流出版社，1995年，477頁。

十任總統的就職演說中，特別強調台灣因為璀璨的山川風貌，四百年前就稱為「福爾摩沙-美麗之島」[54]。這些發言很明顯地是受了從台灣四百年歷史的觀點以及由此產生之「台灣民族」想像共同體的強烈影響。

只是缺乏原住民與1949年以後才來台的外省人（或稱新住民）的共同想像之台灣民族，是不完整的。就如同張茂桂所指出的，這種民族的重建，所面對的問題是將如何看待佔台灣15%的外省族群、7%的客家族群與原住民，以及如何賦予他們一個安全感並有尊嚴的族群位置。[55]因此，史明必須強調「在台灣的歷史、社會發展過程中，今日的原住民也是『台灣民族』不可或缺的一員，這是不變的事實」[56]。對此，原住民作家夷將・拔路兒（漢名：劉文雄）並不認同，且指出400年的台灣史觀，意味著400年前台灣沒有住人一般，許多原住民很難接受此種史觀[57]。

基於想像共同體的動力，不一定來自於被壓迫的經驗，而是來自於集體的生活經驗與道德需要，[58]因此如何透過集體的生活經驗來建構新的民族想像，使各族群都能被納入，就顯得非常必要。許信良在其著作《新興民族》中指出，台灣正開始要作為一個「新興民族」興起，因此台灣民族具有

---

[54] 陳水扁，中華民國第十任總統就職演說全文，**聯合報**，2000年5月21日，13頁。
[55] 張茂桂，省籍問題與民族主義，頁259。
[56] 史明，《台灣不是中國的一部份：台灣社會發展四百年史》，22頁。
[57] 夷將・拔路兒在「族群關係跟台灣民族的形成」的座談會上敘述之意見。施正鋒編，**台灣民族主義**，台北：前衛出版社，1994年，頁331-332。
[58] 張茂桂，省籍問題與民族主義，頁271。

同時代其他民族所無法比較的特別能力，那就是比與同時代的其他民族更瞭解自己，擁有更旺盛的活動力[59]。許氏的說法，實際上就是運用集體的生活經驗來另創「新興民族」。

另外，吳叡人引用瑞南（Ernest Renan）有關對民族的定義部分「所謂民族的存在，是每日進行的公民投票」，將此作為民族想像的根本。另將「每日進行的公民投票」作為「民族」存在的象徵，以實現超越階級、種族集團、性別等境界，形成極為大範圍的結盟與同一集團性[60]，恐也是基於同樣的理由。由於族群身分和政治態度及行為有因果關係，尤其會表現在國家認同方面。[61]因此若大部分台灣人具有「台灣民族認同」的想像，即使不認同中華民國可以代表他們，但是不傾向統一的意向會是非常強烈的。

大陸學者不是沒有注意到台灣民族認同形成，導致國家認同「去中趨台」的現象，他們將主要原因歸納為兩項。首先是受到執政者的政策與教育之影響。他們認為，台灣民眾身分認定「去中國化」的加強，與台灣的執政者有很大的關係，特別是李登輝、陳水扁二人，在台灣鼓吹「台獨史觀」、宣揚「台灣主體意識」，大肆推進「去中國化」，固化了「中華民國在台灣」想像所造成的後果。[62]馬英九上台

---

[59] 許信良，**新興民族**，台北：遠流出版社，1995年3月，頁15-20。

[60] 吳叡人，民主化的弔詭與兩難：對於台灣民族主義的再思考，游盈隆編，**民主鞏固或崩潰：台灣21世紀的挑戰**，台北：月旦出版社，1997年，頁36。

[61] 吳乃德，省籍意識、政治支持與國家認同，頁40-41。

[62] 郭震遠，台灣的兩岸國家認同缺失及其對兩岸關係的影響，**中國評論**，第176期，2012年8月，頁11-14；廖中武，政治社會化：台灣民眾國家認同的建構路徑，**湖南師範大學社會科學學報**，2012年第4期，頁69-74；孫雲，從

後基於自身執政與選舉的考量，選擇了「不統、不獨、不武」的綏靖政策，未能真正在法理和政策上解決「台灣主體性」與「一個中國」（中華民國）的邏輯困境，亦難辭其咎。[63]若是馬英九的待遇都如此，提出「中華民國與中華人民共和國互不隸屬」的蔡英文，被視為「去中趨台」國家認同的幫兇，應在可預期之內。

其次，是受到歷史、地理及經濟因素的影響。在歷史因素方面，他們認為，台灣與大陸其他省分相比的歷史經驗比較特殊，在歷史上多次遭受外敵入侵，這種獨特的經歷使台灣人產生某些獨特的歷史記憶與心態，這些特殊的集體記憶對與大陸凝聚為「我群」有不利的影響。[64]另外，在日本殖民和國民政府統治時期，台灣走上了一條與大陸明顯不同的發展道路，使台灣民眾形成了與大陸同胞存在著明顯差異的社會記憶，對其「國族認同」產生了深刻的影響。[65]在地理因素方面，他們認為，作為中國東南與日韓朝俄及南洋諸國的海上交通樞紐，台灣不僅擁有得天獨厚的地緣便利，同時兼具了海疆邊陲與島嶼生態等多重特性，因此形塑島內民眾的「身分認同」。[66]

「我群」到「他者」：20世紀90年代以來台灣民眾認同轉變的成因分析，**台灣研究集刊**，2013年第3期（總127期），頁8-14。。

[63] 徐曉迪，「鏡像認知」到「增量認同」：台灣民眾國家認同趨向研究，**中央社會主義學院學報**，2013年第4期（總182期），頁85-90。

[64] 孫雲，從「我群」到「他者」：20世紀90年代以來台灣民眾認同轉變的成因分析，台灣研究集刊，2013年第3期（總127期），頁8-14。

[65] 劉強，社會記憶與台灣民眾的國族認同，**中華文化**，2011年第2期（總70），頁60-80。

[66] 吳仲柱，論台灣地區身份認同異化的深層誘因，**哈爾濱師範大學社會科學**

就經濟層面而言，他們表示，隨著台灣的快速工業化進程及與世界其他地區的經貿聯繫的加強，許多台灣年輕世代雖對台灣當前經濟狀況和民生亂象不滿，但仍對台灣發展成就有著自豪感，這既來自於台灣「亞洲四小龍之一」的經濟發展水平，也來自於對台灣政治體制轉型的認同。[67]尤其是由於兩岸過去深陷對峙僵持，台灣經濟的自力成長與創造奇蹟，不得不更多地倚重美日等西方國家，在情感上台灣民眾與美國更親近，再加上長期隔絕伇兩岸思想觀念、生活水平出現明顯差異，發展略快的台灣難免會強化本土「身分認同」。[68]由此可知，台灣的特殊歷史經歷、地理位置與經濟發展狀況，讓生活在台灣的民眾容易形成獨有的「身分認同」，因此執政者或想要執政者要不回應此認同也難！

「九二共識」本是國民黨執政期間與中共之間，在一九九二年為了事務性談判不受干擾，在「一個中國」議題上所達成的諒解，不論當初是否用「九二共識」這個名詞，應該都不妨礙兩岸曾在「一個中國」議題有諒解或共識，否則就不會有一九九三年台灣海基會、中共海協會在新加坡舉行之董事長與會長之間的「辜汪會談」，也不會國民黨在2008年至2016年在台灣執政期間，與對岸簽訂的27項協議。其中2010年所簽訂的兩岸經濟架構協議（ECFA），在簽約滿10年之際，民進黨政府還擔心中共會否片面中斷該協議的繼續

學報，2011年第3期（總4期），頁37-41。
[67] 郭艷，台灣「年輕世代」國家認同的現狀與成因分析，台灣研究，2011第3期，頁29-33。
[68] 吳仲柱，論台灣地區身份認同異化的深層誘因，頁37-38。

施行。既不承認「九二共識」，卻又擔心在「九二共識」基礎上所簽訂的協議被中斷，這不是件奇怪的事嗎？

當「九二共識」被中共窄化為只有「一個中國原則」，而沒有「各自表述一中」的空間，再加上民進黨政府將「九二共識」等同於「一國兩制」，在台灣認同意識愈來愈強烈的情況下，使得想要重新取得執政權的國民黨在論述「九二共識」的態度上，就顯得有點曖昧。國民黨主席朱立倫2022年6月7日在美國華府智庫「布魯金斯研究所」（Brookings Institution）發表「台灣未來方向」演說時表示：「『九二共識』是兩方的建設性、創造性模糊，是『沒有共識的共識』（Non-Consensus Consensus），國民黨期望擱置衝突，向前邁進。」[69]

朱立倫在「訪美之旅結束-返台」記者會上，針對「九二共識」是「沒有共識的共識」闡述：「國民黨是創立中華民國的政黨，永遠捍衛中華民國，維護民主制度、反對台獨，希望能守護台灣，兩岸能夠和平交流；強調『九二共識』當時最重要的精神就是求同存異，對於雙方沒有共識的部分相互尊重、各自表述；希望未來兩岸持續交流、溝通，對於大家認知不同的繼續努力，希望兩岸能夠和平，『國民黨永遠捍衛中華民國，這件事絕不改變』」。[70]

---

[69] 江今葉，談九二共識，朱立倫：沒有共識的共識，**中央社**，2022年6月7日，https://www.cna.com.tw/news/aipl/202206070013.aspx。上網日期：2022年9月28日。

[70] 劉宛琳，返台記者會被問「九二共識」、朱立倫：求同存異持續交流，**聯合報**，2022年6月11日，https://udn.com/news/story/6656/6380169。上網日期：2022年9月28日。

朱立倫在訪美結束之旅記者會的說法，似乎有向「九二共識」修正靠攏的味道，不過既然是「共識」，怎麼會是「沒有共識的共識」？民進黨籍的前總統陳扁執政時，用「九二精神」來代替「九二共識」，因為他認為那是「沒有共識的共識」。[71]朱立倫的論述，無異是向民進黨的「九二精神」靠攏，這也就難怪民進黨公職人員，會表示「樂見朱立倫淡化、不提、甚至拿掉『九二共識』」。[72]在民主社會政黨是為取得執政權而存在，若是遲遲未能取得執政權，政黨還有存在的意義嗎？

　　台灣政黨在內政部登記有案的大概有數十個，但究竟有多少政黨被記者？若無黨籍公職人員可以吸引媒體的關注，久而久之就會被人們所遺忘，最後剩下的就是登記有案而已，沒有任何政治影響力，更遑論要主導政策走向。在台灣認同意識主漲的今天，尤其年輕人甚至出現「天然獨」的現象，再加上中共與民進黨聯手掏空「九二共識」的內涵，國民黨若不針對「九二共識」有新的論述或說法，一旦「抗中保台」牌在選舉中發威，有「中共同路人」原罪的國民黨要如何勝選？這也意味著台灣民眾的反統意識強烈，否則國民黨何需調整預設「兩岸終極統一」之「九二共識」的說法。

---

[71] 陸委會，陳總統七三一記者會答問實錄：有關兩岸關係談話內容，**大陸政策文件資料**，2000年7月31，https://www.mac.gov.tw/News_Content.aspx?n=AD6908DFDDB62656&sms=161DEBC9EACEA333&s=F5BE8FF45D37C57F。上網日期：2022年9月28日。

[72] 陳政宇，朱立倫稱九二共識是「沒共識的共識」、羅致政：樂見拿掉，**自由時報**，2022年6月8日，https://news.ltn.com.tw/news/politics/breakingnews/3953280。上網日期：2022年9月28日。

就在引發第四次台海危機的中共軍演結束後不久，國民黨副主席夏立言依原先規劃的行程赴陸訪問，展開聆聽關懷之旅，目的在協助台商、台生解決在陸所面臨的問題。過去兩岸透過交流交換意見並降低敵意，進而增進雙方的利益，原本是再尋常也不過的行程，不過因為軍演剛結束，以致引發不少負面評價。陸委會就表示，對夏立言等無視勸阻執意赴陸，在軍演下曲意訪中，呼應對岸統戰旋律，甚至唾面自乾，對國內廣大民意絲毫不在意，作為國內最大反對黨，令人遺憾。[73]陸委會對此的批評用語，不可謂不重。

明明是聆聽關懷之旅，何來呼應對岸統戰旋律之有？夏立言指出，「國民黨長期關心台灣民眾在大陸的生活與權益，此次訪問大陸就是關心同胞，向陸方轉達民眾對軍演、兩岸航班、恢復小三通與ECFA早收清單等議題看法，他非常不齒有人將此行與選舉掛鉤」。[74]可見朝野政黨在台海議題上之看法差距不小，且已近年底選舉季節，雙方在言詞上爭鋒相對，亦在預期之內，畢竟「抗中保台」議題仍有政治市場。

不僅是執政的民進黨批評夏立言的大陸行，無黨籍台北市長參選人黃珊珊對此竟更指稱：「支持溝通取代對抗，但是時機不宜，『如果是現在就叫做投降，這就不對』」。[75]

---

[73] 呂佳蓉，夏立言訪中、陸委會批評：對國家整體利益釀嚴重傷害，中央社，2022年8月27日，https://www.cna.com.tw/news/acn/202208270247.aspx。上網日期：2022年9月28日。

[74] 劉冠廷，夏立言：關心在陸台人　向陸方傳達對軍演不滿，中央社，2022年8月27日，https://today.line.me/tw/v2/article/VxnE6aJ。上網日期：2022年9月30日。

[75] 黃麗芸，夏立言訪中惹議　黃珊珊：時機不宜就叫投降，中央社，2022年8

情勢愈緊張，不是愈應該透過溝通降溫嗎？豈有時機不宜的問題？以兩岸現在缺乏正式溝通管道的今天，有合宜時機嗎？連「投降」的字眼都出來了，用語可謂是奇重無比！只是未被授予談判權、也沒有行政權的在野黨人士，有什麼能力去「投降」呢？若非選舉季節已到，用詞會如此之重嗎？究其實際，恐怕也是為了搶「抗中保台」或台灣認同意識強烈的選票。

　　不只是執政的民進黨及無黨籍參選人，不贊成夏立言訪陸，由於夏立言訪陸時值共軍軍演頻繁，台海關係緊張之際，此舉也引起國民黨青年派關切，擔憂恐將「把整個黨賠掉」，共同發出聲明要求「停止出訪、聆聽民意」。[76]就連新北市長侯友宜也認為此時此刻要去參訪對岸，其實值得商榷。[77]台中市長盧秀燕表示，正值中國大陸演習威脅台灣之時，她認為這時候率團出訪「時機不宜、徒增困擾」。[78]對此，夏立言同時辭去台中市政府市政顧問、國際事務委員會委員兩項義務職，並表示「大陸之行帶給台中市政府的困擾『非常不好意思』」。[79]

　　月14日，https://www.cna.com.tw/news/aipl/202208140104.aspx。上網日期：2022年9月30日。

[76] 文及均，夏立言率團訪中！藍青年聲明憂「把整個黨賠掉」，侯友宜也認「值得商榷」，**菱傳媒**，2022年8月10日，https://rwnews.tw/article.php?news=586。上網日期：2022年9月28日。

[77] Ibid.

[78] 蘇木春、趙麗妍，夏立言訪中，盧秀燕：時機不宜、徒增困擾，**中央社**，2022年8月11日，https://www.cna.com.tw/news/aipl/202208110040.aspx。上網日期：2022年9月28日。

[79] 陳秋雲，夏立言辭國際委員、市政顧問　盧秀燕：慰留不成予尊重，**聯合報**，2022年8月13日，https://udn.com/news/story/6656/6535096。上網日期：

由此可知，在台灣認同或台灣民族主義意識愈來愈強烈，以及訪中就會被統戰的心結影響下，國民黨在兩岸關係能著力的空間愈來愈有限，尤其是為了選舉的緣故，原本例行性的交流與溝通，可能都會被視為不利選舉而不受歡迎，國民黨內對於夏立言訪陸的反應可見一斑。若非反統現在已是主流民意，試問朱立倫會修正「九二共識」是「沒有共識的共識」嗎？偏偏台海政策是屬於中央政府的權限，地方政府沒有著力空間，若國民黨不能取得中央執政權，又豈有機會調整台海政策？

　　展望未來5年，中共在習近平第三任期的執政期間，對台促統的壓力勢必會加強。然而台灣受到抗中保台仍有政治市場、港區國安法加深台灣拒統氛圍、台灣認同與訪中被統戰心結使反統成主流等因素的影響，要朝向統一的方向邁近，幾乎是不可能的任務。一方要積極促統、另一方卻強烈反統，試問不用非和平方式，可以克竟其功？據此判斷，2027年的台海情勢，又怎能不危機重重？

2022年9月30日。

第五章
結論

　　在分析完美國內部因素、大陸內部因素，以及台灣內部因素對台灣情勢的影響，幾乎可以確定的是台海發生一戰的可能性，比自1958年823砲戰以來的任一時刻都來得高，豈能不謹慎應對。

第一節　台海一戰的機率愈來愈高

　　首先，對美國而言，政學界受到文明衝突與霸權競爭之思維的影響，使得未來的中美關係出現對抗與競爭的狀態，明顯要多過合作的機會。在過去民主黨與共和黨在對中政策上總是有輕重緩急的區別，共和黨因為較反共，所以採取圍堵中共的政策比例較高，而民主黨相對而言沒那麼反共，所以採取與中共交往政策居多。雖然共和黨籍的尼克森總統於1972年訪陸，敲開了共產鐵幕的大門，不過美中建立正式邦交關係，還是在1979年民主黨總統卡特手上來完成。

　　在共和黨籍的雷根總統及老布希總統任內，美國對中的最惠國待遇談判是與人權掛勾的，但是到了民主黨籍的總統柯林頓上台後，美國對中貿易談判才得以與人權脫勾，也使

得中共可以順利地在2000年12月1日加入世界貿易組織。然而美國共和民主兩黨在對中政策的差異，現在幾乎已經不存在。「反中」已成為共識，若非發生911事件，共和黨的小布希總統是打算採取對中強硬政策，否則不會說出盡美國所能協助台灣防衛。

小布希之後的三位美國總統不論是共和黨或民主黨籍，對中都採取圍堵居多、交往較少的政策，諸如歐巴馬提出的「亞太再平衡」、川普提出的「印太戰略」、拜登提出的「四方安全對話」、AUKUS同盟，都是設法在圍堵中共。這樣的美中戰略競爭態勢，在未來的一段時間不會改變。美國共和民主兩黨在「反中」政策上有共識，當然與美國民眾的「反中」態度有關。畢竟政治人物需要選票才能繼續發揮影響力，而美國民眾「反中」的態度日益高漲，當然也就會讓政治人物採取「反中」立場，否則如何當選？

美國圍堵中共最好的施力點就是台灣議題，因為中共將台灣議題視為核心利益，若核心利益受到影響，當然採取強力反擊。一旦中共在台灣議題上有過激反應，美國在國際社會中就會宣傳中共就是現狀破壞者，就更有理由圍堵中共。君不見美國國會近期通過不少挺台法案，目的就是在刺激中共作出過激反應，以備拉攏盟邦共同來圍堵中共，一如圍堵俄羅斯一般。因為美中在台海議題上擦槍走火的可能性不能排除，畢竟習近平曾強調「不能任其發展下去」。

其次，對中共而言，兩岸統一是總書記兼國家主席習近平提出中國夢－中華民族偉大復興的核心，畢竟台灣若是不

能回歸到中國的版圖內，即使中共已經從站起來、富起來到強起來又如何，百年多來因列強侵略中國導致割地月賠款的歷史屈辱感，依然無法消除，因此習近平才會在發表告台灣同胞書40週年的紀念談話中表示，兩岸統一是中華民族偉大復興的必然要求，而且台灣問題不能一代一代拖下去。既然不能繼續拖，在第三任期結束前的2027年完成兩岸統一，為第四任打好基礎，不就是最好的歷史遺產嗎？

　　儘管中共目前的對台政策仍是「和平統一」、「一國兩制」，但是中共也明講，不放棄武力是為了實現和平統一。這意味和平統一不成，就必須採取非和平方式來達成統一。更何況「反分裂國家法」已經明定，採取「非和平方式」統一的三項前提。尤其是第三項前提「和平統一的可能性完全喪失」，完全由中共片面決定可能性是否已經完全喪失。不論是美國因素的干擾，或者是台灣內部政治情勢的發展，兩岸「和平統一」的機會之窗正在關閉，若中共仍執意要統一，除了採取非和平方式，還有其他選項嗎？

　　不論是從近期中共對台事務官員的談話，或第三份對台白皮書的內容觀察，中共都刻意在宣傳統一後的台灣福利，目的就是希望能增加台灣民眾對大陸的好感度，進而使中共能夠不透過非和平方式來達成和平統一的目標。然而這樣的訴求似乎未能打動台灣民眾的心，畢竟台灣希望能夠更寬廣的國際生存空間，中共因為擔心造成「兩個中國」、「一中一台」的現實不利統一，而無法予以事先放寬。所以只要在國際場合發生台灣民眾被打壓事件，就會使得台灣民眾離大

陸愈來愈遠。在此種敵意螺旋不斷升高下，兩岸要不兵戎相見以達成統一的可能性愈來愈低。

對在安全事務上依賴美國甚深的台灣而言，要不採取親美立場的難度很高。因此當美國掀起「反中」的浪潮，台灣不論朝野政黨很難不跟隨美國採取「反中」的立場，最大限度也僅能做到「和中」，而無法做到「親中」，否則很可能無法在選舉中得利。尤其是當習近平提出「一國兩制台灣方案」時，無異是為不接受「一國兩制」的台灣民眾之「反中」立場又添加了柴火，因此「抗中保台」就在台灣政治市場上無堅不摧，蔡英文聲望再低都能靠「抗中保台」牌，在黨內初選中勝出、在總統選舉時連任，甚至四項反執政黨政策之公投不通過。雖然中共軍演看似讓「抗中保台」牌失效，但是誰又能保證未來不能靠它扭轉情勢呢？

當然「抗中保台」可能依然有效，與中共人大常委會通過《港區國安法》有關。畢竟台灣民眾有強烈的「今日香港、明日台灣」的憂慮感，因為按照中共的設計，台、港都將實施「一國兩制」，所以要反對到底，以免「今日香港、明日台灣」成為現實。這也就是為何台灣民眾支持香港反送中的比例如此之高，而且愈年輕支持度愈高。顯然《港區國安法》的通過與實施，加深了台灣民眾的拒統氣氛，擔心若與大陸統一實施「一國兩制」的結果，台灣的民主自由與生活方式將徹底被改變，說什麼也要抗拒到底。

受到台灣認同意識愈來愈強烈，甚至出現「天然獨」現象，以及與大陸交流可能被統戰的影響，「反統」已經

成為台灣的主流民意。政黨若要取得執政權就必須回應此種「反統」的主流民意，否則就只能成為在內政部登記有案的政黨，而漸漸消失在人們的記憶中。這也就是為何國民黨主席朱立倫，訪美要修正預設終極統一「九二共識」的說法為「沒有共識的共識」，讓國民黨與民進黨的競爭回歸政策辯論，而不在比誰比較愛台灣。中共對此當然會有所不悅，不過當「九二共識」沒有國民黨所堅持的「一中各表」空間，則只能是「沒有共識的共識」，否則要置中華民國於何地！

大陸要兩岸統一的態度愈強烈，台灣抗中、拒統、反統的意識不減反增，使得兩岸透過和平方式達成統一的目標，成為不可能的任務。既然和平統一是不可能的任務，意味著和平統一的可能性完全喪失，中共若要達成兩岸統一以完成中華民族偉大復興的必然要求，就只能靠非和平方式。既然如此，台灣應在2027年前，對中共可能採取非和方式統一手段做好準備，以免屆時措手不及。

第二節　和談才能避免台海一戰

避免台海一戰可區分為操之在人與操之在己兩部分，就操之在人的部分，美國若能調整文明衝突與戰略競爭的思維，不對中共進行強力圍堵及打台灣牌。或許中共對於統一的急迫感會因此降低，而不再指責台灣「倚美謀獨」，自然也就會降低兩岸兵戎相見的機會。不過依目前情勢觀察，美國要調整「反中」的立場，難度甚高，相對的，中共若能調

整大一統思想以及歷史屈辱感，只要台灣不法理獨立，就不採取強力促統手段，以避免增強兩岸緊張情勢，持續以融和發展的方針，創造兩岸人民共同認同，進而為和平統一創造條件。不過要中共改變思維同樣有難度，尤其是過去中共曾推出許多惠台措施，但似乎都未產生讓兩岸政治距離縮短的實質效果，反而愈離愈遠，因此不容易改而多用硬的一手－即武力。

台灣作為美中台三方最小的一方，實在很難在操之在人的美中戰略競爭中發揮什麼影響力，唯一能做的就是在操之在己的部分來使力，以確保美中戰火不在台海區域爆發，否則不論最後美中誰勝出，最大的輸家都是台灣。因此，台灣要極力避免台海一戰的發生。俄烏戰爭導致數百萬民眾成為難民流離失所、家鄉淪為斷壁殘垣的殷鑑不遠，台灣若不想讓「今日烏克蘭、明日台灣」成為現實，就該在維護台海和平上多努力。畢竟戰爭沒有贏家，和平沒有輸家。台灣可以操之在己的部分有如下幾項：

首先，要放棄台灣法理獨立的選項。既然中共已宣誓台獨等於戰爭，即使國軍能夠撐到美國馳援，或者美國像軍援烏克蘭武器一樣，源源不斷地提供武器給台灣來對抗中共的武力攻台，一旦台灣成為戰爭的主要發生地，難民與基礎建設的破壞勢必會成為日常可見的場景。更何況美國也不支持台灣獨立，台灣又何必費心思在追求台灣法理台獨上，倒不如花大力氣在如何防止戰爭在台海爆發，在維護台灣利益、百姓安居樂業上顯得更加實際。

其次，要認識不統不獨的現狀也難繼續維持。習近平表示，台灣問題不能一代一代的拖下去，意味著他在任內會設法讓台灣在兩岸統一的路上有所作為，若是不能用和平方式，採取非和平方式也在習近平的達成兩岸統一的選項之內。換言之，台灣想要維持過去不統不獨的狀態已是不可能的任務，過去40年中共對台政策採取軟的一手多、硬的一手少，然而實際的狀況卻是台灣離大陸愈來愈遠，為了儘早實現統一的目標，未來勢必會採取硬的一手多、軟的一手少的對台政策，以縮短兩岸的距離，為早日統一創造條件。

第三，要明白展開和平統一談判，最能維護台灣利益。在台灣只要提倡兩岸政治談判，是政治不正確的舉動，因此若有政治人物提出和平主張，在政治上形同與自殺沒兩樣。不過既然台灣法理獨立已非選項，維持不統不獨現狀亦難以達成，試問不展開與中共的政治談判，還有什麼其他路可以走嗎？台灣民眾抗中、拒統、反統意識強烈，任何黨執政若要展開與對岸和談，都可能面臨被指控投降的風險，進而遭到民意的反撲。只是當台灣只面臨和平統一與武一統一的選擇時，要如何選擇的答案不是很清楚了嗎？更何況根據中華民國憲法與對岸展開政治談判，談判可以是非常耗費時日，台灣可以用時間換取空間，看能否找到更符合台灣利益的方案。

最後，要強化全民的抗敵意志。和談雖然是台灣不得不的避險選項，但是仍然需要有強而有力的軍事戰備作為後盾，一方面是避免在談判過程中受到中共軍事恫嚇，而接

受對台灣未來發展不利的條件，另方面也在告訴對方，即使雙方談判破裂，台灣仍然具備在軍事上與中共攤牌的一定能力，不會讓政治談判受到軍事壓制的影響，也讓對方不致輕啟戰端。俄羅斯原本就未預期在烏克蘭特別軍事行動會如此曠日廢時，甚至打到必須動員後備軍力。若非烏克蘭全民有強烈的抗敵意志，戰爭會持續如此長的時間嗎？由此可見，強化全民的抗敵意志與軍備有多麼重要，只有以戰止戰，才能保障不失去和平。

參考書目

何立波。建國以來解放軍軍事演習回眸，**中國共產黨新聞網**，http://cpc.people.com.cn/BIG5/64162/64172/85037/85038/7081355.html。上網日期：2022年8月30日。

中共人大常委會（2020/6/30）。《港區國安法》，**2020年第136號法律公告**，https://www.isd.gov.hk/nationalsecurity/chi/law.html。上網日期：2022年9月25日。

中華人民共和國全國人大（2005/3/14）。反分裂國家法，**新華網**，http://news.xinhuanet.com/taiwan/2005-03/14/content_2694168.htm。上網日期：2022年8月16日。

仇佩芬（2020/1/3）。「一國兩制台灣方案」反激勵綠營選情、習五條發表1周年低調，**上報**，https://www.upmedia.mg/news_info.php?Type=1&SerialNo=78788。上網日期：2022年9月10日。

文及均（2022/8/10）。夏立言率團訪中！藍青年聲明憂「把整個黨賠掉」，侯友宜也認「值得商榷」，**菱傳媒**，https://rwnews.tw/article.php?news=586。上網日期：2022年9月28日。

史明（1980）。**台灣人四百年史**（中文版），台北：蓬島文化公司。

史明（1992）。**台灣不是中國的一部份：台灣社會發展四百年史**，台北：前衛出版社。

民進黨新聞中心（2022/4/7），中共當局才是破壞台海現狀、威脅區域穩定與世界和平的最大夢魘，民進黨，https://www.dpp.org.tw/media/contents/9508。上網日期：2022年9月14日。

夷將・拔路兒（1994）。在「族群關係跟台灣民族的形成」的座談會上敘述之意見。施正鋒編，**台灣民族主義**，台北：前衛出版社，頁331-332。

江今葉（2022/6/7）。談九二共識，朱立倫：沒有共識的共識，**中央社**，https://www.cna.com.tw/news/aipl/202206070013.aspx。上網日期：2022

年9月28日。

任以芳（2022/10/27）。「反台獨」首次寫入中共黨章、仇長根：顯示兩岸更加嚴峻危險，**ETtoday新聞雲**，https://www.ettoday.net/news/20221027/2366983.htm。上網日期：2022年10月30日。

李怡靜（2022/10/23）。中共20大/習近平連任中共中央軍委主席「福建派」何衛東、苗華受矚目，**Yahoo新聞**，https://tw.news.yahoo.com/news/%E4%B8%AD%E5%85%B120%E5%A4%A7-%E7%BF%92%E8%BF%91%E5%B9%B3%E9%80%A3%E4%BB%BB%E4%B8%AD%E5%85%B1%E4%B8%AD%E5%A4%AE%E8%BB%8D%E5%A7%94%E4%B8%BB%E5%B8%AD-%E7%A6%8F%E5%BB%BA%E6%B4%BE-%E4%BD%95%E8%A1%9B%E6%9D%B1-%E8%8B%97%E8%8F%AF%E5%8F%97%E7%9F%9A%E7%9B%AE-072511550.html。上網日期：2022年10月25日。

吳乃德（1993）。省籍意識、政治支持與國家認同，張茂桂等著，**族群關係與國家認同**，台北：業強出版社，頁30-41。

吳仲柱（2011）。論台灣地區身份認同異化的深層誘因，**哈爾濱師範大學社會科學學報**，第3期（總4期），頁37-41。

吳典蓉（2022/9/22）。「抗中保台」真的失效了？，**風傳媒**，https://www.storm.mg/article/4530084。上網日期：2022年9月24日。

吳慶才（2012/2/14）。習近平：寬廣的太平洋有足夠空間容納中美，**中國新聞網**，https://www.chinanews.com.cn/gn/2012/02-13/3665577.shtml。上網日期：2022年7月1日。

吳叡人（1997）。民主化的弔詭與兩難：對於台灣民族主義的再思考，游盈隆編，**民主鞏固或崩潰：台灣21世紀的挑戰**，台北：月旦出版社，頁36。

呂佳蓉（2022/8/27）。夏立言訪中、陸委會批評：對國家整體利益釀嚴重傷害，**中央社**，https://www.cna.com.tw/news/acn/202208270247.aspx。上網日期：2022年9月28日。

呂佳蓉、唐佩君（2022/8/7）。葛來儀：第四次台海危機　中國試圖改變台海現狀，**中央社**，https://www.cna.com.tw/news/aipl/202208070101.aspx。上網日期：2022年8月29日。

呂佳蓉（2022/9/21）。趙春山：台灣不統不獨現狀難維持　北京將改變現狀，**中央社**，https://www.cna.com.tw/news/acn/202209210208.aspx。上

網日期：2022年9月30日。

呂晏慈（2020/5/20）。【520就職】蔡英文演說提「中華民國台灣70年」，**蘋果新聞**，https://www.appledaily.com.tw/politics/20200520/UAN5XYGS3HXLQUZV5COHQ4T4QE/。上網日期：2022年8月21。

李登輝（1995）。**經營大台灣**，台北：遠流出版社。

林則宏（2021/10/30）。國台辦副主任：統一後台灣財政收入盡可用於改善民生，**聯合報**，https://udn.com/news/story/7331/5854167。上網日期：2022年9月20日。

林祖偉（2019/9/16）。香港反送中100天：如何從遊行變成暴力衝突？，**BBC**，https://www.bbc.com/zhongwen/trad/extra/Fy2CQzQkHZ/hong-kong-protests-100-days-on。上網日期：2022年9月22日。

邱珮昀等（2019/7/15）。壓倒性勝出！國民黨總統初選 韓國瑜總支持度44.805%，**中國時報**，https://www.chinatimes.com/realtimenews/20190715000834-260407?chdtv。上網日期：2022年9月23日。

政治中心（2019/8/14）。本土社團集結「抗中保台」！力挺蔡英文2020連任，三立新聞，https://www.setn.com/News.aspx?NewsID=585917。上網日期：2022年9月22日。

施正鋒（1994）。台灣民族主義的意義，施正鋒編，**台灣民族主義**，台北：前衛出版社，1994年，頁8；

施敏輝（1989）。台灣向前走—再論島內「台灣意識」的論戰，施敏輝編，**台灣意識論戰選集**，台北：前衛出版社，頁27-30。

孫大川（1997）。一個新的族群空間的建構-台灣泛原住民亦是的形成與發展，游盈隆編，**民主鞏固與崩潰：台灣21世紀的挑戰**，台北：月旦出版社，頁157-158。

孫雲（2013）。從「我群」到「他者」：20世紀90年代以來台灣民眾認同轉變的成因分析，**台灣研究集刊**，第3期（總127期），頁8-14。

徐宗懋（1995）。**務實的台灣人**，台北：天下文化出版社。

徐曉迪（2013）。「鏡像認知」到「增量認同」：台灣民眾國家認同趨向研究，**中央社會主義學院學報**，第4期（總182期），頁85-90。

班納迪克·安德森（Benedict R. O'Gorman Anderson）（1999）。吳叡人譯，《想像的共同體：民族主義的起源與散布》，台北：時報出版社。

馬曉光（2022/9/21）。國、中共中央宣傳部就黨的十八大以來對台工作和兩岸關係發展情況舉行發佈會，**中國網**，http://www.china.com.cn/

zhibo/content_78426770.htm。上網日期：2022年9月21日。

國台辦、國新辦（2000/2）。一個中國原則與台灣問題，http://www. gwytb.gov.cn/zt/baipishu/201101/t20110118_1700148.htm。上網日期：2022年8月10日。

國台辦、國新辦（2022/8/10）。台灣問題與新時代中國統一事業，**新華社**，http://www.gov.cn/zhengce/2022-08/10/content_5704839.htm。上網日期：2022年8月11日。

張柏源（2022/9/14）。陳時中：當台北市長一定要抗中保台、領導者必須以態度堅定人民意識，**Newtalk新聞**，https://newtalk.tw/news/view/2022-09-14/816433。上網日期：2022年9月24日。

張茂桂（1993）。省籍問題與民族主義，張茂桂等著，**族群關係與國家認同**，台北：業強出版社，頁240-271。

張茂桂（1997）。談「身份認同政治」的幾個問題，游盈隆編，**民主鞏固或崩潰：台灣21世紀的挑戰**，台北：月旦出版社，1997年，101頁。

張謙（2022/3/25）。國安法上路後、官員：外資未因此撤離香港，**中央社**，https://www.cna.com.tw/news/acn/202203250073.aspx。上網日期：2022年9月26日。

戚嘉林（2022/7/9）。史話》1996年台海危機如何落幕，**中國時報**，第9A版。

習近平（2017/10/27）。決勝全面建成小康社會、奪取新時代中國特色社會主義偉大勝利─在中國共產黨第十九次全國代表大會上的報告，**新華網**，http://www.xinhuanet.com/politics/19cpcnc/2017-10/27/c_1121867529.htm。上網日期：2022年9月13日。

習近平（2019/1/2）。在《告台灣同胞書》發表40周年紀念會上的講話，**人民網**，http://cpc.people.com.cn/BIG5/n1/2019/0102/c64094-30499664.html。上網日期：2022年8月10日。

習近平（2021/11/16）。地球足夠大，容得下中美各自和共同發展，**人民網**，http://politics.people.com.cn/BIG5/n1/2021/1116/c1001-32284138.html。上網日期：2022年6月30日。

許依晨（2021/10/10）。蔡英文稱「中華民國與中華人民共和國互不隸屬」、學者：恐升高對立，**旺報**，https://www.chinatimes.com/realtimenews/20211010002387-260409?chdtv。上網日期：2022年8月24。

許信良（1995）。，**新興民族**，台北：遠流出版社。

許極燉（1994）。苦悶的民族，許極燉編，**尋找台灣新地標：從苦悶的歷史建構現代視野**，台北：自立晚報文化出版社，頁27-30。

連橫（1980）。**台灣通史**，台北：文海出版社。

郭震遠（2012/8）。台灣的兩岸國家認同缺失及其對兩岸關係的影響，**中國評論**，第176期，頁11-14。

郭艷（2011）。台灣「年輕世代」國家認同的現狀與成因分析，**台灣研究**，第3期，頁29-33。

陳少廷（1994）。台灣近代國家思想之形成，施正鋒編，**台灣民族主義**，台北：前衛出版社，頁240-246。

陳水扁（2000/5/21）。中華民國第十任總統就職演說全文，**聯合報**，版13。

陳秋雲（2022/8/13）。夏立言辭國際委員、市政顧問　盧秀燕：慰留不成予尊重，聯合報，https://udn.com/news/story/6656/6535096。上網日期：2022年9月30日。

陳君碩（2022/1/3）。劉結一新年談話勾勒統一後前景，**旺報**，https://www.chinatimes.com/newspapers/20220103000047-260303?chdtv。上網日期：2022年9月20日。

陳俊華（2021/12/18）。公投開票4案全遭否決、不同意均破400萬、投票率41%，**中央社**，https://www.cna.com.tw/news/firstnews/202112185022.aspx。上網日期：2022年9月24日。

陳政宇（2022/6/8）。朱立倫稱九二共識是「沒共識的共識」、羅致政：樂見拿掉，**自由時報**，https://news.ltn.com.tw/news/politics/breakingnews/3953280。上網日期：2022年9月28日。

陳政嘉（2022/5/10）。烏克蘭只是美國削弱俄羅斯的砲灰？中媒批：地緣政治的一場大戲，Newtalk新聞，https://newtalk.tw/news/view/2022-05-10/752516。上網日期：2022年8月30日。

陸委會（2000/7/31）。陳總統七三一記者會答問實錄：有關兩岸關係談話內容，**大陸政策文件資料**，https://www.mac.gov.tw/News_Content.aspx?n=AD6908DFDDB62656&sms=161DEBC9EACEA333&s=F5BE8FF45D37C57F。上網日期：2022年9月28日。

陸委會新聞處（2019/10/24）。臺灣主流民意拒絕中共「一國兩制」的比率持續上升，更反對中共對我軍事外交打壓，**陸委會**，https://www.mac.gov.tw/News_Content.aspx?n=B383123AEADAEE52&sms=2B7F1A

E4AC63A181&s=530F158C22CC9D7C。上網日期：2022年9月20日

彭明敏文教基金會編（1994）。**彭明敏看台灣**，台北：遠流出版社。

黃昭堂（1994）。戰後台灣獨立運動與台灣民族主義的發展，施正鋒編，**台灣民族主義**，台北：前衛出版社，頁200-201；

黃祺安（2018）。永不稱霸絕非舉手投降、「韜光養晦」是為了「有所作為」，**香港01**，https://www.hk01.com/sns/article/255200。上網日期：2022年8月1日。

黃麗芸（2022/8/14）。夏立言訪中惹議　黃珊珊：時機不宜就叫投降，**中央社**，https://www.cna.com.tw/news/aipl/202208140104.aspx。上網日期：2022年9月30日。

楊淳卉（2019/6/13）。民進黨總統初選民調結果公佈蔡英文贏8.2%勝出，**自由時報**，https://news.ltn.com.tw/news/politics/breakingnews/2820756。上網日期：2022年9月22日。

廖中武（2012）。政治社會化：台灣民眾國家認同的建構路徑，**湖南師範大學社會科學學報**，第4期，頁69-74。

裴莉絲（Jane Perlez）（2012/11/13）。胡錦濤是否連任軍委主席引發關注，**紐約時報中文版**，https://cn.nytimes.com/china/20121113/c13military/zh-hant/.上網日期：2022年9月30日。

劉宛琳（2022/6/11）。返台記者會被問「九二共識」、朱立倫：求同存異持續交流，**聯合報**，https://udn.com/news/story/6656/6380169。上網日期：2022年9月28日。

劉強（2011）。社會記憶與台灣民眾的國族認同，**中華文化**，第2期（總70），頁60-80。

劉冠廷（2022/8/27）。夏立言：關心在陸台人　向陸方傳達對軍演不滿，**中央社**，https://today.line.me/tw/v2/article/VxnE6aJ。上網日期：2022年9月30日。

編輯部（2021/3/19）。中美阿拉斯加會談：外交辭令之外的大白話「中國人不吃這一套」，**英國廣播公司（BBC）**，https://www.bbc.com/zhongwen/trad/world-56456963。上網日期：2022年6月20日。

編輯部（2018/11/26）。圖表看縣市長選舉結果，**中央社**，https://www.cna.com.tw/news/firstnews/201811265007.aspx。上網日期：2022年9月22日。

編輯部（2022/7/16）。美國終止香港「特別待遇」外界反應不一，**BBC**，

https://www.bbc.com/zhongwen/trad/chinese-news-53415820。上網日期：2022年9月25日。

編輯部（2022/8/10）。共軍宣布完成軍演任務　國防部：不會因軍演結束鬆懈，**Yahoo新聞**。上網日期：2022年8月21，https://tw.news.yahoo.com/%E3%80%90%E5%A4%A7%E9%99%B8%E8%BB%8D%E6%BC%94%E4%B8%8D%E6%96%B7%E6%9B%B4%E6%96%B0%E3%80%91-3-%E8%89%98%E5%85%B1%E8%BB%8D%E9%A3%9B%E5%BD%88%E9%A9%85%E9%80%90%E8%89%A6%E5%87%BA%E6%B2%92%E8%8A%B1%E6%9D%B1%E5%A4%96%E6%B5%B7-%E5%B7%AE-1-%E6%B5%AC%E9%80%B2%E5%85%A5%E9%84%B0%E6%8E%A5%E5%8D%80-071135191.html。

蔡英文（2019/6/13）。回應習近平對台原則中英文談話全文，**中央社**，https://www.cna.com.tw/news/firstnews/201901025004.aspx。上網日期：2022年9月24日。

鄧小平（1983）。鄧小平文選1975-1982，北京：**人民出版社**。

潘維庭（2022/10/24）。「習近平二十一大想延任！」中研院士：兩岸戰爭到2027「已臨深淵」，**風傳媒**，https://www.storm.mg/article/4578100?page=1。上網日期：2022年10月25日。

鄭仲嵐（2019/4/29）。台灣藍綠兩黨總統初選僵局的因果與走向，**BBC**，https://www.bbc.com/zhongwen/trad/chinese-news-48096930。上網日期：2022年9月22日。

錢利忠（2022/1/25）。國際透明組織2021年全球清廉印象指數、台灣進步3名第25創紀錄，**自由時報**，https://news.ltn.com.tw/news/society/breakingnews/3812587。上網日期：2022年6月30日。

薄文承（2022/8/11）。美日都進行兵推台海局勢可能的走向和結果？**天下雜誌**，https://www.cw.com.tw/article/5122361。上網日期：2022年8月30日。

謝莉慧（2019/9/24）。為何蔡英文民調贏韓國瑜高達23％？游盈隆進一步提出四點分析，**Newtalk新聞**，https://newtalk.tw/news/view/2019-09-24/302658。上網日期：2022年9月22日。

藍孝威（2015/7/22）。中共軍演　模擬攻台總統府，**中國時報**，https://www.chinatimes.com/realtimenews/20150722002389-260409?chdtv。上網日期：2022年8月30日。

羅印沖（2022/6/9）。國台辦副主任再提「統一後……」，**聯合報**，https://udn.com/news/story/7331/6374191。上網日期：2022年9月20日。

羅暐智（2020/6/22）。「認同九二共識不等於接受一國兩制！」連戰：升高兩岸對抗不利台灣安全，**風傳媒**，https://www.storm.mg/article/2787329。上網日期：2022年9月25日。

蘇木春、趙麗妍（2022/8/11）。夏立言訪中，盧秀燕：時機不宜、徒增困擾，**中央社**，https://www.cna.com.tw/news/aipl/202208110040.aspx。上網日期：2022年9月28日。

Allison, Graham. (2018). *Destined for War: Can America and China Escape Thucydides's Trap?* New York: Houghton Mifflin Harcourt Publishing Company.

Briefing Room. (3/21/2021).Quad Leaders' Joint Statement: "The Spirit of the Quad", *The White House,* https://www.whitehouse.gov/briefing-room/statements-releases/2021/03/12/quad-leaders-joint-statement-the-spirit-of-the-quad/. Retrieved on Sep. 8, 2022

Briefing Room, (9/15/2021). Joint Leaders Statement on AUKUS, *The White House,* https://www.whitehouse.gov/briefing-room/statements-releases/2021/09/15/joint-leaders-statement-on-aukus/. Retrieved on Sep. 8, 2022.

Briefing Room, (5/23/2022). In Asia, President Biden and a Dozen Indo-Pacific Partners Launch the Indo-Pacific Economic Framework for Prosperity, *The White House,* https://www.whitehouse.gov/briefing-room/statements-releases/2022/05/23/fact-sheet-in-asia-president-biden-and-a-dozen-indo-pacific-partners-launch-the-indo-pacific-economic-framework-for-prosperity/. Retrieved on Sep. 7, 202.

Briefing Room, (5/24/2022).Quad Joint Leaders' Statement, *The White House,* https://www.whitehouse.gov/briefing-room/statements-releases/2022/05/24/quad-joint-leaders-statement/. Retrieved on Sep. 8, 2022.

Editor, (8/22/2021). National Security Law Seen Threatening Hong Kong's Financial Role, *VOA,* https://www.voanews.com/a/east-asia-pacific_voa-news-china_national-security-law-seen-threatening-hong-kongs-financial-role/6209847.html. Retrieved on Sep 25, 2022.

Everington, Keoni. (9/29/2022). CNN opens bureau in Taiwan, *CNN,* https://www.taiwannews.com.tw/en/news/4672118. Retrieved on Oct, 07, 2022.

Farrer, Martin (9/7/2021)Hong Kong: international companies reconsider future in wake of security law, *The Guardian,* https://www.theguardian.com/world/2021/sep/07/hong-kong-international-companies-reconsider-future-in-wake-of-security-law. Retrieved on Sep 25, 2022.

Ford, Lindsey W. (5/2020). The Trump administration and the Free and Open Indo-Pacific, *Brookings,* https://www.brookings.edu/research/the-trump-administration-and-the-free-and-open-indo-pacific/. Retrieved on Sep. 7, 2022.

Gellner, Ernest. (1983). *Nations and Nationalism,* Ithaca: Cornell University Press.

Gellner, Ernest. (1997). *Nationalism,* New York: New York University.

Hobsbawa, E.J. (1992). *Nations and Nationalism Since 1780:Programme, Myth,Reality*, 2nd ed. Cambridge: Cambridge University Press.

Huntington, Samuel. (1996). *The Clash of Civilization and the Remaking of World Order*, London:Simon & Schuter UK Ltd.

Hurst, Daniel. (12/12/2021) China's response to Aukus deal was 'irrational', Peter Dutton says, *The Guardian,* https://www.theguardian.com/australia-news/2021/dec/12/chinas-response-to-aukus-deal-was-irrational-peter-dutton-says. Retrieved on Sep. 9, 2022.

King, John. (10/18/2001). Bush arrives in Shanghai for APEC, *CNN*, https://edition.cnn.com/2001/US/10/17/ret.china.bush.apec/index.html. Retrieved on August 31, 2022.

King, John. (12/10/2003). Blunt Bush message for Taiwan, *CNN*, https://edition.cnn.com/2003/ALLPOLITICS/12/09/bush.china.taiwan/. Retrieved on Sep. 5, 2022.

Leaders. (5/1/2021). The most dangerous place on Earth, *The Economist,* https://www.economist.com/leaders/2021/05/01/the-most-dangerous-place-on-earth. Retrived on Sep 30, 2022.

Mao, Frances. (9/19/2022). Biden again says US would defend Taiwan if China attacks, **BBC,** https://www.bbc.com/news/world-asia-62951347. Retrieved on Sep. 30, 2022.

McBride, James, Andrew Chatzky, and Anshu Siripurapu. (9/20/2021). What's Next for the Trans-Pacific Partnership (TPP)?, *Council on Foreign Relations,* https://www.cfr.org/backgrounder/what-trans-pacific-partnership-tpp. Retrieved on Sep. 6, 2022.

National Archive, The Trans-Pacific Partnership: What You Need to Know about President Obama's Trade Agreement, *the White House,* https://obamawhitehouse. archives.gov/issues/economy/trade. Retrieved on Sep. 5, 2022.

Office of the Press Secretary. (12/9/2003). President Bush and Premier Wen Jiabao Remarks to the Press, *the White House,* https://georgewbush-whitehouse.archives.gov/news/releases/2003/12/20031209-2.html. Retrieved on Sep. 5, 2022.

Office of the Press Secretary. (4/20/2006). President Bush and President Hu of People's Republic of China Participate in Arrival Ceremony, *The White House,* https://georgewbush-whitehouse.archives.gov/news/ releases/2006/04/20060420.html. Retrieved on August 31, 2022.

Office of the Press Secretary. (1/19/2011). U.S.-China Joint Statement, *The White House,* http://www.whitehouse.gov/the-press-office/us-china-joint-statement. Retrived on August 29, 2022.

Office of the Press Secretary. (11/16/2015). Advancing the Rebalance to Asia and the Pacific, *The White House,* https://obamawhitehouse.archives.gov/ the-press-office/2015/11/16/fact-sheet-advancing-rebalance-asia-and-pacific. Retrieved on Sep. 6, 2022.

Office of the Spokesperson, (8/12/2021). U.S.-Australia-India-Japan Consultations (the "Quad") Senior Officials Meeting, The Department of State, https:// www.state.gov/u-s-australia-india-japan-consultations-the-quad-senior-officials-meeting/. Retrieved on Sep. 8, 2022

Pramuk, Jacob. (8/23/2019). Trump will raise tariff rates on Chinese goods in response to trade war retaliation, *CNBC,* https://www.cnbc.com/2019/08/23/ trump-will-raise-tariff-rates-on-chinese-goods-in-response-to-trade-war-retaliation.html. Retrieved on Sep. 6, 2022.

Rennie, David. (8/16/2022). Taiwan: will there be a war? , *The Economist,* https://www.economist.com/films/2022/08/16/taiwan-will-there-be-a-war. Retrieved on Sep 30, 2022.

Reuters Staff. (5/17/2019). U.S. Commerce Department publishes Huawei export blacklist order, *Reuters*, https://www.reuters.com/article/usa-huawei-tech-commerce-idUKL2N22S1PZ. Retrieved on Sep. 7, 2022.

Saballa, Joe. (9/21/2022). China to Develop Ability to Seize Taiwan by 2027: US Intel, The Defense Post, https://www.thedefensepost.com/2022/09/21/china-seize-taiwan-us-intel/. Retrieved on Sep 29, 2022.

Shelton, Joanna. (11/18/2021). Look Skeptically at China's CPTPP Application, *CSIS*, https://www.csis.org/analysis/look-skeptically-chinas-cptpp-application. Retrieved on Sep. 6, 2022.

Sudworth, John. (8/17/2022) Liz Cheney: Trump arch-enemy ousted in Wyoming election, *BBC News*, https://www.bbc.com/news/world-us-canada-62569056. Retrieved on Sep. 10, 2022.

The White House. (10/12/2022), National Security Strategy, The White House, https://www.whitehouse.gov/wp-content/uploads/2022/10/Biden-Harris-Administrations-National-Security-Strategy-10.2022.pdf. Retrieved on Oct 18, 2022.

Wallace, Kelly. (4/25/2001). Bush pledges whatever it takes to defend Taiwan, *CNN*, April 25, 2001, https://edition.cnn.com/2001/ALLPOLITICS/04/24/bush.taiwan.abc/. Retrieved on August 29, 2022.

Wong, Edward and John Ismay. (10/5/2022). U.S. Aims to Turn Taiwan Into Giant Weapons Depot, *The New York Times*, https://www.nytimes.com/2022/10/05/us/politics/taiwan-biden-weapons-china.html. Retrived on Oct, 07, 2022.